げえむの王様

復活を賭ける弱小ゲーム会社に未来は訪れるのか？

瀧津　孝

この物語はフィクションです。登場する人物名・会社名・地名・商品名などの名称は架空であり、同じ又は類似の名称があったとしても、それとは関係ありません。

「は……はちほん！！？」
　甲高い声が、突然フロアに響き渡った。

　普段、役員のミーティングにも使われる来客用のソファセットは、磨りガラスのパーティションで仕切られているだけだ。
　同じフロアにデスクを並べている数人の社員は、ほとんど同時にパソコンのモニターから顔を上げ、パーティションのある方に顔を向けた。
　彼のこんな大声を、これまで、といってもまだ１ヶ月ほどの間にだが、社員の誰も聞いたことがない。しかもその声には、大きな驚きだけでなく、怒りや失望や、とにかくあらゆるマイナス要素の感情が複雑に入り交じっているように感じられた。
　ただ事ではない。
　社員らは、真向かいや隣席の同僚と顔を見合わせながら聞き耳を立てた。……とはいえ、通常の話し声まではっきりと聞こえてこない。
　声の主である大村晋二は温和で気のよさそうな、というかやや優柔不断で頼りなさそうな印象をも与える青年だが、これでも中堅ゲームソフトメーカー・株式会社スクルドソフトの代表取締役社長だ。
　その時彼は呆けたように半分口を開き、渡された書類をただぼんやりと眺めていた。

2014年10月1日。
　28歳の晋二の前には、一回り年上の常務取締役で営業の責任者である別府晃が眉間にしわを寄せ、うつむくように身を縮めている。
　時間が止まったかのように、２人はしばらく身動き一つしなかった。いや、あまりのショックに、できなかった。
　ややあって、晋二がようやく気を取り直した。
「別府さん、これはやはり何かの間違いでしょ？　国内全体で受注本数がたったの８本だなんて、いくらこの業界に入ったばかりの俺でも耳を疑いますよ」
「おっしゃるとおりです。私だってこんな数字、この業界に入って初めて見ました。販売を委託しているエンターマックスからのメールにびっくりして、すぐに

向こうの営業担当に会いに行ったんですから」

「で、エンターマックスは何て？」

「間違いなく確定本数だと。ゲーム流通のほとんど全てが、ゼロ発注です。この8本は、大村社長、いや、お兄さまの前社長と特に親交のあったゲーム専門店のゲームズハッチさんが、チェーン8店舗に1本ずつということでやっと問屋を通じて発注してくれたようでして……」

「何でゲームズハッチさん以外の全ての流通が、ゼロ発注になってしまうんですか？ エンターマックスはちゃんとうちのゲームの営業をしてくれたんですか？」

「エンターマックスの営業担当は、全国のゲーム流通網をほぼカバーしている主要問屋10社に、かなり食い下がったというのですが。何せうちのゲームの発売日が12月10日というのが、相当ネックになっているようで」

「クリスマスの直前で、年末年始商戦に最も有利な日程だからと説明してくれたのは、別府さんですよね？」

「いや、あの会議の時は、開発をメインで担当している関専務のご意見を、私が少しフォローしただけですから……」

「でも……」と言いかけて、晋二は不毛な責任のなすり合いをしている場合ではないことに気付き、慌てて肝心の点に話を戻した。「何がネックになってるんです？」

「同じような思惑で、12月に発売を決めた他メーカーのゲームはパソコン版も含めて、通常版、限定版合わせると100タイトル以上になってまして、その中には、全世界で大ヒットしているロールプレイングゲーム『ファイナルクエスト』や、サッカーゲーム『ワールドパワフルサッカー』のシリーズ最新作、それに今一番勢いのあるアクションゲーム『クリーチャーハンター』の続編までが含まれています。我が社の『パラドックスストーリー3』はアクション要素のあるロールプレイングゲームに分類されますが、となると人気も知名度も抜群の『ファイナルクエスト』と『クリーチャーハンター』のジャンルの中に完全に埋没したような格好に……。ご存じのように、家庭用ゲームは、書籍や音楽ＣＤなどのように店頭で売れなければ版元へ返品可能な商品ではなく、全て店の買い取りが基本です。ゲームを扱っている家電量販店、大型スーパー、ビデオレンタルチェーン、

ゲームショップチェーンなど、どこの小売店のバイヤー(仕入れ担当者)も限られた予算の中では売れることが確実な三作品を、集中的に問屋もしくは直販の場合はメーカーへ発注していて、その他のタイトルは1店舗あたりに1本程度。売れる見込みのないと思われるものはゼロ発注ということに……」
「つまり、売れる見込みがないゲームのグループに、うちの『パラドックスストーリー3』が入ったと……。関専務からもらったデータでは、第一作が10万本、第二作は16万本と、出荷本数は右肩上がりを続けてますよね。このゲームはうちの商品の中で、ここ数年最も売れているゲームじゃないんですか?」
「第一作の内容は確かに素晴らしかったです。お客さんも喜んでくれました。それでどの流通業者も第二作を前回以上に発注してくれたんですが、今から考えるとそれが裏目に出たとしか……」
「何で、売れたのに裏目に出るんです?」
「我々ゲームメーカーにとって、売る相手は流通ですが、本来のお客さまはゲームユーザー。ユーザー、つまり消費者に売れなければ、それは売れたゲームとはいえません。第二作の出来は……はっきり言って今ひとつでした。社内でも、発売を延期してもう少し作り込むべきだという意見も出たのですが、延期すると決算期内に会社の売り上げが立たないという理由でそのまま。ところがいざ発売してみると、不安要素だった作り込みの甘い部分がゲーム専門誌に指摘されて公になり、発売直後に買ってくれたユーザーからも大不評となって、結局その後は店頭で全く売れず、大量の在庫に……」
「在庫分は流通サイドの負担になる……」
「定価5,800円のソフトが、流通各社の決算期には500円、300円でたたき売りされ、一時期うちの会社は流通業者に対して顔を向けられない状態になってまして……」
「そんな話は初耳です! しかも今回のゲームはかなりの自信作だと、関専務は太鼓判を押してましたよね!」
「いくらうちだけが太鼓判を押しても、流通サイドでは『あの大損させられたゲームの続きか』というマイナスイメージを持ち続けてます。本来なら、最悪でもゲームズハッチみたいに各店舗に1本ずつくらいは入れておいてやるかという話に落ち着くのですが、タイトルの集中する年末期に、国内だけで100万本は売れる

だろうと推測されるキラータイトル……つまり発売されれば必ず売れると見込まれる人気ソフトのことをそう呼ぶんですが、3つも同じ時期に重なるとは想定外でした……」

「しかし、どの流通業者もクリスマス商戦の月なんだから、通常よりも仕入れる予算を大幅に増やすでしょう？」

「もちろん12月の予算は他の月よりも多いですが、どこもお財布の大きさには限りがあります。12月のタイトルのうち10作以上が、うちほどひどい数字ではないにせよ、どうやら似たり寄ったりの状況のようで……そんなこと聞かされても何の慰めにもなりませんが……」

　晋二も、別府も、再び黙り込んだ。

　かつては"ジャパニーズ・ドリーム"の代名詞として世界を席巻した日本の家庭用コンピューターゲーム市場。その栄光に翳りが見え始めた頃の物語である。

◆

　東京都新宿区。地下鉄・飯田橋駅のB3出入り口から地上に出ると、自転車で上がるには少々脚力を必要とする神楽坂が西北に伸びる。

　都内では数少ない花街の一つであり、老舗の飲食店に加え、近年は美味いと評判のお洒落なフレンチやイタリアンのレストランが続々と出店し、人気ドラマのロケ地にもなるなど、一帯は平日から大勢の人でにぎわう。しかし、観光地化したメインストリートを徒歩で5分ほど上がって左に曲がった狭い路地だけは、目立った店がほとんどないせいか人通りがまばらだ。

　路地に入って10メートルほど進んだ場所に、株式会社スクルドソフトがあった。ダークグレイのタイルに覆われた3階建ての自社ビルで、1階は駐車場、2階は社長室や営業、総務のフロア、3階が開発のフロアになっている。

　従業員数25人。中堅の家庭用ゲームソフトメーカーだ。創業は、1990年。創業者は、晋二より12歳年の離れた兄・大村晋一郎である。

　両親は、神楽坂で祖父の代から続く玩具店を営んでいた。夫婦が休日にマイカーで買い物に出かけた際、飲酒運転の車に正面衝突され、そろって交通事故死した時、残された2人の息子、晋一郎は高校3年生、晋二は幼稚園に入ったばかりだっ

た。

　頼りになる親戚縁者もなく、晋一郎は大学進学を諦めて家業を継ぎ、晋二の親代わりにもなって、兄弟2人っきりの新しい生活がスタートした。

　とは言うものの、玩具店の経営は厳しく、客足は減る一方。唯一、家庭用テレビゲームの関連商品のみが、売り上げをどうにか支えていた。全国に様々なゲームショップが相次いでオープンしていたこの時期、形態をゲーム専門に切り換えた玩具店は少なくなく、晋一郎も親しい玩具問屋からそうするよう勧められてはいた。

　しかし、彼が一般的な玩具店主と決定的に異なっていた点は、高校生の頃からコンピューターゲームに興味を持ち、持つだけでなく、趣味ではありながら独学で開発の知識を積み重ねていたということだ。しかも、仲間内では常にリーダーシップをとれる人間でもあった。晋一郎は住宅兼店舗を担保に、父親の代から付き合いのある信用金庫から融資を受け、ゲームメーカーを立ち上げた。

　1985年頃から、日本の家庭用テレビゲーム機は爆発的に売れ出し、世界市場を席巻していた。

　当初、テレビゲーム機用コンピューターの中心的な役割を果たす電子回路は、8ビットのＣＰＵ（中央演算処理装置）。ビットはコンピューターが扱うデータの最小単位であり、8ビットの能力だと例えば最大256色のカラーを表現できる。主要コンピューターの処理能力が64ビットとなり、その演算速度をさらに高めるＲＩＳＣ（縮小命令セットコンピュータ）やＣＩＳＣ（複合命令セットコンピュータ）といった設計手法が加えられる現代から見れば、格段に低い能力ではあるが、今でも家電製品やリモコン、電卓などの電子制御用に、8ビットＣＰＵはよく使われている。

　スクルドソフトが生まれた90年、8ビット機に代わる次世代ハードとして、16ビットＣＰＵを搭載した新しいゲーム機が発売され、大ヒットしていた。この頃は優秀なクリエイターが数人もいれば、そこそこ面白いゲームソフトを開発できる技術レベルであり、小さなベンチャー企業が参入するには申し分のない環境にあったと言える。

　晋一郎は、設立した会社に、共通の趣味と実力を持つ友人たち10人を招いた。複数のスタッフとの協同作業となるゲーム作りにおいて、晋一郎は持ち前のリー

ダーシップを見事に発揮した。数か月がかりで完成させた第一弾ソフトは、可愛いオリジナルキャラクターを主人公に設定したアクションゲームで、周囲の予想を上回るヒットを記録。第2弾、第3弾のゲームも堅調に売れ、経営は軌道に乗った。

晋二が小学校に入学すると、試作されたゲームソフトを一番最初にプレイするのが彼の"仕事"になった。プレイする様子を晋一郎たち会社の主要なスタッフが固唾をのんで見守り、時には晋一郎と一緒にコントローラーを握って対戦し、晋二が「面白い！」と太鼓判を押したゲームが製品化された。そして、その全てのタイトルがヒットを飛ばし、スクルドソフトは国内の有力ソフトメーカー群の中に名を連ねるまでに成長していった。

信用金庫から借りた金はすぐに返済された。

事業の成功によって、晋二は大学にも進学できた。しかも東京の有名私大の法学部に。国立大学の工学部を目指して勉強していた兄が進学を犠牲にし、多忙な業務の合間を縫い、父親代わりにもなって養ってくれたことに、晋二は感謝してもしきれないくらいの思いを持ち続けた。しかし、この頃になると、普段の生活からゲームという娯楽はすっかり遠ざかってしまった。新作ゲームのモニター役は、中学に入った時点で、マーケティング会社が連れてくる小学生児童の親子連れに取って代わられ、学校の友人たちと外で遊ぶことが多くなった。

いつの間にか、室内に閉じこもってゲームをすることが不健康に思え、外で体を動かしている方が自分には性に合っているのだと感じるようになっていた。それに多感な時期、ゲームばかりしているオタクは女の子にもてないことも、そんな気持ちに拍車を掛けた。高校では硬式テニス部、大学では硬式テニス同好会に入り、年中真っ黒に日焼けし、夜な夜な同好会の仲間の誰かの部屋に集まっては、酒を飲み、朝まで大騒ぎしていた。

卒業後の進路を固めなければならない大学3年になってからというもの、晋二は晋一郎から「俺の会社を手伝ってくれ」と何度も懇願された。

晋二は悩んだ。

しかし、自分とゲームとの間にできてしまった"距離"、ゲームに対し抱いてしまった"違和感"をついに払拭できなかった。晋二は、外を飛び回りいろんな人を取材して記事を書く新聞記者に憧れ、全国紙の記者職の試験に合格。大学卒

業後、初任地である四国の高知支局に赴任するため、生まれ育った神楽坂を後にした。

◆

 それから6年。晋二は、高知支局から大阪支社での勤務を経て、東京本社の編集局で、ニュース価値を判断し記事に見出しをつけ紙面を作り上げる編集センターに在籍していた。スクルドソフトの社員からデスクに電話が入ったのは、夏の夕暮れ時だった。晋一郎が社内で倒れ、病院に搬送されたのだ。晋二が病院に駆け付けた時には、晋一郎の息は絶えていた。脳梗塞だった。
 晋一郎は、会社の発行株を全て保有するオーナーでもあったが、独身だった。その結果、晋一郎の株は唯一の肉親である晋二に全て相続された。ただしこれによって、晋二が会社の経営に加わることをすぐ決めたのではない。希望して就職した新聞社での勤務には、当然ながら未練があった。
 気持ちが変わったのは、会社の公認会計士である市川正晴から、スクルドソフトの経営状況を明かされた時からだ。会社は、危機に瀕している、と言っても大袈裟ではなかった。
 絶頂期には年商が数十億円にも達し、5年前までの年商は平均10億円前後を維持していたが、ここ数年は売上が急激に落ち込み、減収減益で昨年はついに2億円台を割った。発売するソフトは、起死回生を狙って開発費にかなりの予算をつぎ込んだにもかかわらず、売上が伸び悩むという悪循環の繰り返し。会社の口座には十分な資金が蓄えられず、晋一郎が切り崩して運転資金に充てていた個人貯蓄は底をつき、すでに自社ビル、社内の資材、備品だけでなく、神楽坂にある実家の土地・建物まで再び金融機関の担保に入っていた。

◆

「このままの状況が続けば、スクルドソフトは1年以内に破綻します」
 思いもかけない市川の言葉が、晋二の胸に突き刺さった。
「まさか……兄は会社を設立した時からゲーム作りに自信を持っていたし、これ

まで優れたゲームソフトを何本も世に出してきたはず。全国には今でも多くのファンがいるんじゃないんですか？」

「家庭用ゲームの開発は、20年前と比べて様変わりしました。ゲーム機の能力は飛躍的に向上し、高い技術力とマンパワーが必要とされます。しかも、テレビにつないで遊ぶ最新の家庭用据置型ゲーム機はもちろん、最新の携帯型ゲーム機でさえ、専用ソフトを作るためには、数人どころか10人、20人、大作ともなれば100人以上ものスタッフを必要とするんです。ゲームの開発費というのは、主に開発スタッフの人件費のことを指すのですが、社員の数が増え、開発期間が延びれば延びるほど、支出も当然膨れあがります。それに、最近のスクルドソフトのゲームは、少しでもゲームファンの心をつかもうと、登場するキャラクターのボイスに人気声優を大勢起用したり、テレビＣＭに有名タレントを使ったりして、開発費と共に、宣伝費にもかなりの予算を割いてきました」

「ひとつのタイトルあたり、スクルドソフトではどのくらいの開発費を使ってるんですか？」

「据置型ゲーム機用なら数億、携帯型で8千万から1億というところでしょうか……」

「そんなに……」

「それに根本的な問題として、家庭用ゲームは以前のように売れなくなってきてるんですよ」

「ゲームが売れなく？」

「家庭用のゲームが、です。電車に乗ってて、携帯型ゲーム機で遊んでる乗客って、近頃見かけないでしょ？　みんなスマホかケータイをいじってる。数少ないマニアックな家庭用ゲームファン以外のライトな層は、大方そっちに取られてしまいました。だから家庭用ゲームの市場規模は、年々縮小しています。家庭用ゲームで売上が立たないから、どのメーカーもスマホ・タブレット向けのダウンロードアプリゲームやソーシャルゲームを軸にしたオンライン、モバイル事業で収益を確保している。家庭用ゲーム1本で勝負してるおたくみたいな会社は、もうほとんどありません」

「…………」

「言いにくいことですが……現在開発が進んでいる『パラドックスストーリー

3』が失敗すれば、スクルドソフトは即座に進退窮まるでしょう」

　晋二が今こうしていられるのは、兄と、兄が引っ張ってきたスクルドソフトの存在なしには考えられない。

　それに、新聞社勤めをこのまま続けたとしても、先が見えるようにもなってきていた。1、2年上の先輩記者の多くが、次々と地方支局のサブデスクとして出されている。デスクになってしまえば、前線で取材し、記事を書く記者稼業からの卒業を意味し、大量に送られてくる他人の原稿に昼夜目を通し、チェックするルーティンワークに突入してしまう。地方のサブデスクから次に異動する先は、大抵が本社のサブデスクだ。次に地方のデスク、本社のデスク、地方の支局長を経て、運の良いごく一部が本社部長以上の管理職か、限られた枠内で記事を書き続けられる編集委員・論説委員へと進み、残りの大半は閑職に回るか、子会社に出向するかして定年を迎える。外を飛び回って取材する"新聞記者"の寿命とは、案外短いものだ。

「俺の会社を手伝ってくれよ、晋二」

　学生時代、何度も聞かされた兄の言葉も脳裏に蘇った。

　晋二は決断した。新聞社を退職し、スクルドソフトの代表取締役社長に就任したのは、兄の死から約1か月。東京都内で記録的な残暑が続く9月初旬のことだった。

◆

　ただちに開かれた緊急取締役会での議題は、創業以来初めてとなる最悪の受注本数を受け、問題の『パラドックスストーリー3』を予定通り発売するのか、中止するのか、に絞られた。

　出席しているのは、晋二と別府常務、市川公認会計士のほか、開発部門の関収一専務、総務部門の八塚明取締役、経理部門の大石輝久取締役の計6名。晋二以外の全員が創業以来のメンバーで、年齢も同じ40歳前後だ。彼らとは、ゲームのモニター役をやらされていた小学生時代、何度も会ってはいたが、その時はゲームに熱中していて会話らしい会話をしたことがなく、中学生になってからはほとんど顔を合わせる機会もなかった。

ゲーム機やゲームソフトの商取引は、やや特殊である。商品が基本的に買い取りであること以外に、スクルドソフトのような中堅メーカーや、それ以下の規模の多くのゲームソフトメーカーは、直接商品を流通サイドに売ることはない。全国に営業網を持つ国内大手ゲームメーカーが数社あり、そのいずれかに販売委託するのが常である。これら大手メーカーは、自社のゲームと委託された他社のゲームを専門の卸問屋、もしくは玩具問屋、さらには家電量販店・大型スーパー、映像・音楽・娯楽ソフト複合店、ゲーム専門チェーン店などの担当バイヤーに営業し、発注してもらう。ちなみに、これら流通会社のことを、ゲーム業界では「法人」と呼ぶ。

　委託しているメーカーが何もしない訳ではない。スクルドソフトにも販売の責任者である別府常務と、その下に営業担当が２人いる。彼らは、販売を委託している大手ゲームメーカー・株式会社エンターマックスの営業部員が法人各社のバイヤーと商談する際に同席させてもらい、自社商品のアピールをすることもある。しかし、どの法人のバイヤーも極めて多忙であり、毎日分刻みのスケジュールをこなしているため、会える機会はそう多くない。そこで、バイヤーではなく、特に売上の大きい旗艦店舗の責任者を訪ねるのが重要になる。

　バイヤーにもいろいろなタイプがいるが、直営店や傘下チェーン店で実際に客を相手にしている現場の声、しかも旗艦店舗の店長やゲーム売り場担当者の要望はなかなか無視できない。『城の本丸に攻め込めないなら、その周りの砦から』という訳で、自主流通の力がない中小以下のゲームメーカーの営業担当たちは、少しでも自社の印象を良くし、本部のバイヤーに対して仕入れ本数を増やすよう店側から要望してもらえるよう、流通各社の有力店舗を回り、売り場での特別な試遊会やイベント開催を申し出たり、ポスターやチラシなどの販促物を店頭に持ち込んで飾り付けを手伝ったりと、様々な"援護射撃"に力を尽くす。

　もちろん『パラドックスストーリー３』でも、普段以上の営業活動が行われた……はずだった。にもかかわらず、"８本"という想定を超えた最悪の数字を受け、予定通り発売するかどうか、は大きな問題となっていた。というのも、このゲームは携帯型ゲーム機ホーゼンド３Ｄ向けに作られたソフトだったからである。

　国内の家庭用ゲーム市場は、日本企業である宝善堂とサンライズ・コンピュータ、そしてアメリカに本社があるメガロポリスソフトの３社が製造するゲーム

機、さらには多数のソフトメーカーが作る各ゲーム機用ソフトによってほぼ占められている。3社はいずれもテレビでプレイする据置型ゲーム機を発売し、ソフトには光ディスクを採用。加えて宝善堂とサンライズ・コンピュータは携帯型ゲーム機も出しており、ソフトには小型のメモリーカードを採用する。

ゲームソフトの製品化にあたっては、いかにソフトメーカーといえども、自由勝手に作れない。どのゲーム機向けであっても、ソフトの製造はハードメーカーが担当し、ソフトメーカーは製造委託費を支払い、『作ってもらう』ことになる。

しかも、宝善堂の場合、携帯型ゲーム機用ソフトは最低5千本からでなければ製造を受け付けない。それも前金で。

ハードメーカーにとっては何とも都合の良い、ノーリスクのシステムなのだが、これも一面では劣悪なソフトを市場に氾濫させない役割を果たしているとも言える。

1970年代後半、アメリカのワタリ社が世に出した家庭用ゲーム機が全米で大ヒットしたものの、ゲームソフトの粗製濫造と供給過剰によって82年の年末商戦で売上が急落し、市場が崩壊するという"事件"が起こっている。日本のハードメーカーはこれを教訓に、粗悪なソフトが生まれないよう、自社だけでなく、提携するソフトメーカーが作る全てのゲームを事前にチェックし、生産を管理する態勢をとってきた。そしてそのシステムは、日本のメーカーが長年にわたって世界の家庭用ゲーム市場をリードするうえで、重要な根幹になった。

とはいえ、今のスクルドソフトにとって、このシステムは会社の存亡をも危うくする大きな重荷となっている。

パーティションで区切られた応接兼ミーティングルームは、厳しい受注本数とその経緯が別府から報告された後、息苦しささえ覚えるようなどんよりした空気に包まれた。

やがて、その圧迫感を切り裂こうとでもするように、関が甲高い声をあげた。
「こっちは何の落ち度もない、高レベルな作品を作ってるんだよ。『週刊ゲームレビュー』でも、開発期間中何度も誌面で特集記事を書いてくれてるくらい、メディアやユーザーの期待度も高いんだ。全部、営業の責任だろ！」

「週刊ゲームレビュー」は、公称発行部数50万部の家庭用ゲーム雑誌だ。ゲーム系の紙媒体では最大の部数を誇り、国内で唯一のゲーム系週刊誌でもある。

「ちょっと、そりゃないでしょう」別府はさすがに顔色を変えた。「『ゲームレビュー』が取りあげたっていうけど、結局誌面の『期待の新作ランキング』で、30位以内には一度も入らなかったじゃないですか」
「31位にはなってるよ」口を挟んだ関に、別府は目をむいた。
「31位以下なら誌面に載らないでしょうが！　大体、何度も特集記事になってるのに30位以内にも入らないのは、読者が面白そうだと思ってくれなかったからでは？　今回、営業は主要法人の全バイヤーを回って、できる限りのことはした。ゲームの内容にこそ問題があるとしか思えませんね。そんな大きな口は、トップテンに入ってから言ってもらいたいもんだ」
「まあ確かに、記事はどれもインパクトが弱かったよなぁ、でもそれは、あんたの部下の沖野の責任じゃないか。編集部をうまくコントロールして面白い記事を作らせるのが宣伝担当の役目だろう？　あいつは、何かといえば『ゲームレビュー』の編集長とはマブダチだとか、飲みに行ったとかほざいてるが、肝心な時に何の役にも立たん」
　ここで八塚が、割って入った。
「これはうちと同じようにエンターマックスに営業委託してるアトランティスゲームズの役員から聞いた内部情報ですが、そもそもの原因はエンターマックスの営業にあるんですよ。バッティングしてる大作ソフトの一つは、エンターマックスの『クリーチャーハンター』でしょ。どうもエンターマックスの経営陣から、このソフトの初回受注は100万本をどんなことがあっても必ず突破させるよう、営業部隊にかなり厳しい指示が飛んだようです。それで、営業の連中は『クリーチャーハンター』の受注を増やすのに必死の状態になって、うちみたいに営業委託してる他社のソフトは完全に後回しにされてしまった！」
「今はそんなこと言い合ってる場合じゃないんです！」晋二は、堪らず声を荒げた。「このソフトを発売するのか、しないのか。発売すれば、我が社は4,992本もの在庫を抱えることになります」
「しかし社長、ソフトの発売日を決めてメディアにも露出させ、全国の法人に発注書まで送ってしまった現段階で発売を中止すれば、法人からの信用を失い、シリーズファンのユーザーからはネットで散々に叩かれ、うちの会社は社会的に大ダメージを受けますよ」

別府が、困惑の色を深めながら応じる。
「それだけの在庫が運び込まれてきたら、会社の中は段ボール箱だらけだ……」
ぽつりとつぶやいた八塚に、大石が渋い顔を向けた。「何を暢気な！　それよりも資金繰りだろうが！　宝善堂に収める製造委託費の確保も容易じゃないが、もっと問題なのはこれから先の人件費とか諸々の固定費をどうやって捻出するかだ。このままだと相当の期間、我が社には収入らしい収入は入ってこない。しかも、口座の残高はもう１千万を切ってしまっている。担保に入れられる物は全部入れてあるから、金融機関からの新規借り入れもまず不可能だぞ……」
「となると……」市川が声を押し殺すようにして言った。「会社はあと１か月持ち堪えられるかどうか。もちろん、ここにおられる役員の皆さんの月額報酬を半分以下、いや全額棚上げにしてのことですが」
「ふざけんな！」関が思わず悪態をつく。
「倒産……」八塚がそこまでいってから押し黙った。この沈黙は、ある種の絶望感を伴って全員に伝染した。
　家庭用ゲームソフトのビジネスモデルは、忍耐を重ねたうえでの一攫千金といえる。ソフトの開発期間中、会社には一銭の収入も入らない。だからその間は手持ちの資金で耐え忍ばなければならないが、いざ発売となり、ヒットさせることができれば、瞬く間に億単位の収入が転がり込んでくる。
　ただし、今のスクルドソフトは、『パラドックスストーリー３』を発売しようが、中止しようが、経営の行き詰まりは明白だった。
　役員たちの口からも、発売すべきか中止すべきかのはっきりした意見がとうとう出てこず、翌日にもう一度同じメンバーで話し合うことだけを取り決めて会議は解散した。
　ある程度の苦労は覚悟していたものの、社長就任からわずか１か月で経営破綻の危機に直面するとは晋二も思っていなかった。
　当面の課題は資金繰りだ。
　メインバンクである信用金庫、もしくはそれ以外の金融機関から新規融資を引き出すことは可能なのかどうか。そのためには、必ずヒットが見込めるゲームの開発プランが必要不可欠だろう。そんなものを、すぐに作れるのか……彼の頭の中は、まさに五里霧中の状態だった。

考えていると、頭が痛くなってくる。晋二は社内の自販機で無糖の缶コーヒーを買い、気分転換のために外階段の踊り場に出た。
　するとそこには、先客がいた。手すりにもたれてこちらに背中を向けながらタバコを吸っているのだが、その風貌から営業事務の女性社員であることはすぐにわかった。
　確か、高杉万裕美……。年は、自分よりも2、3歳は下だろうか。肩に届くほどのストレートヘアは、明るい茶色。やや吊り上がり気味の目はつぶらで、少し気の強い印象を与えるものの、美人と表現できる整った顔立ちをしていたと記憶している。
　しかし、社内での彼女の勤務態度は最悪だった。いつも気怠そうな雰囲気を漂わせ、デスクにいる時はスマホを操作したり、グルメ雑誌を読んだりして、真面目に仕事をしている風には全く思えない。晋二は、会社に入ってまだ1か月。しかも、未知の業種で、市川や別府たちから社長としての引き継ぎ業務を連日手取り足取り教えてもらっている最中だけに、社員らと親しく会話を交わす機会がほとんどなく、遠慮もあった。でも、いつか注意してやろうと思っていたのが、彼女だったのだ。
　人の気配に気付いて、万裕美が振り向いた。
「ああ、あんたか」
　いくら新米社長とはいえ、経営トップに向かって言う文句とは思えない。それでも晋二は怒りを抑え、極力冷静に話しかけた。
「高杉さん……だったよね。営業の数字は見てるだろうから薄々わかってるだろうけど、会社は今大変な状況にあるんだよ。『パラドックスストーリー3』だって、現状の発注本数がいくら少なくても、これからうちの公式サイトやネットの通販サイトを通じて根気よく売り続ける準備だってしなくちゃいけない。君はネット通販の受注も担当してるんだろ？　もっとしっかりしてもらわなきゃ……」
「はあ？」万裕美はタバコの煙を吐き出した後、呆れたように振り返った。「って、まさか、あのソフト、まだ生産して、売る気なの？」
「それは……明日の役員会議で結論を出すけれど。でも、世の中に公表して、発注まで取ってるんだから、今は売る心積もりで動いてもらわなくちゃ」
「何で、そこまでしてあんなクズソフト売りたい訳？」

「クズソフト……って、そんなこと本気で言ってるの？　うちの会社のクリエイターたちが、寝る間も惜しんで完成させた作品を……」
「じゃあ、あんたはあのゲームのどこが、そんなに素晴らしいと思ってるの？」
「それは……据置型とは違って携帯型ゲーム機用のソフトなのに、すごく綺麗なグラフィックじゃないか。出てくるモンスターはうまく立体表現されてて、迫力だってあるよ。物語は、関さんが練りに練ったっていう壮大なスケールのファンタジーで、クリアするのに30時間以上はかかるらしい。バトルは敵味方がリアルタイムで動くから緊迫感満点だし、いろんなコマンド操作をマスターすればボスキャラを一撃で倒す必殺技だって……」
　晋二はまだ話の途中だったが、万裕美がくちばしを入れた。
「ＰＶ（プロモーションビデオ）そのままじゃん。実際にプレイしたことあんの？」
「いや……それはまだ……経営で覚えなくちゃいけないことや、目を通さなきゃいけない書類が山のようにあって……」
「自分の会社が出そうとしてるゲームも触んないで、よくゲームメーカーの社長なんてやってるわね」
「うっ……」
　万裕美の言うことが正論だけに、晋二は何も反論できない。
「『パラドックスストーリー3』が売れようが売れまいが、どうせ近いうちにこの会社辞めるつもりだったからはっきり言うけど、あんただけじゃなく、この会社にいる連中もみんな、ゲーム業界にいる資格なんてないわ」
「おい、確かに俺はこの業界に入って間がないし、どんな風に批判されても仕方ないかもしれないけど、関さんや別府さんをはじめとして、この会社をずっと引っ張ってきてくれた人たちにまでそんな言い方をするのは許せないぞ。君みたいに、デスクでいつも怠けてる人間に比べたら、他のみんながどれだけ会社の役に立ってくれているか！」
　そう言われても、万裕美は平気な顔をしている。
「じゃあ聞くけど、ゲームって何？　人はどうしてゲームをするの？」
「えっ？　……」予想外の切り返しに、晋二は言葉に詰まった。「うーんと……ゲームは、デジタル技術を使った娯楽……遊び……」
「じゃあ、遊びの本質とは？」

「遊びの本質？　……人は昔から遊びを求めてきたんだし……それは、楽しいし……気分転換にもなるからじゃ……」
「そんな一番大事なこともすぐに、明確に答えられないようじゃ、やっぱり業界人失格よ」
「何もそこまで……」
「あんたのお兄さんが、いつもバイブルにしてる本があった。カイヨワの『遊びと人間』。社長の本棚にまだあると思う。読んでみたらいいわ。せめてこの会社を潰す前にね」
「カイヨワ？　……」
　万裕美はそう言うなり、まだ吸いかけのタバコを携帯灰皿に押し込んで屋内に戻って行った。
　社長を社長とも思わない、生意気で余りにも無礼な物言いをされているのに、晋二の心の中に怒りの感情は沸いてこなかった。

◆

　2階のフロアには、営業、宣伝、事務系の社員計5人のほかに、社長である晋二、役員の別府、八塚、大石もいるのだが、ソファセットのあるミーティングスペースを除いて、パーティションや個室は設けられていない。それは、社員に何の隠し事もせず、隔たりなくコミュニケーションを取りたいという晋一郎の考えで、創業以来そのスタイルが守られている。
　フロアの一番奥にある社長用デスクの横には、晋一郎専用の大きな本棚が鎮座していた。その中は、ゲームを画面上で動かす軸となるコンピュータプログラムの専門書や、最新ハードでのゲーム開発に欠かせない3次元コンピュータグラフィックスの解説書、物理シミュレーションの入門書、これまでに他メーカーから発売された様々な大ヒットゲームの攻略本などがぎっしりと並んでいる。
　営業担当のデスクをチラッと見ると、万裕美はすでに自分の席に座って当てつけのように転職雑誌を広げていた。
「あいつ……」晋二はため息をついて本棚に向き直り、色とりどりの背表紙に目を走らせた。「カイヨワ、カイヨワ……」

その本は、真ん中の段のほぼ中央に入れられていた。題名は「遊びと人間」。紙製の化粧箱に入っているが、何度も繰り返し読み込まれたらしくＢ６判の本体はぼろぼろだ。

　生意気なブラック社員の言うことを素直に聞くのは抵抗があったが、彼女の言葉はどうも心に引っ掛かる。晋二は社長席に座り、中身を読むことにした。

　フランスの社会学者、ロジェ・カイヨワが、太古の昔から人類が熱中して止まない"遊び"の本質を分析し、半世紀以上前に書いた本だ。

　手あかの付いたページの中に、何行にもわたって赤鉛筆で線を引いた部分があった。

『遊びは、喜びと楽しみの源である』という前提に立ち、『４つの要素』に分類される。アゴーン（競争）、ミミクリ（模擬）、アレア（運）、イリンクス（眩暈）。『アゴーンは、筋肉的性格のスポーツ競技や、頭脳的性格のチェス、チェッカー、ビリヤードなど。ミミクリは、女の子のママゴト、男の子の戦争ごっこ、大人の仮面舞踏会など。アレアは、サイコロ遊び、ルーレット、宝くじなど。イリンクスは、心地よいパニックやハラハラドキドキ感を伴うものであり、ブランコ、回転木馬、スキー、オートバイ、スポーツカーなど』。半世紀も昔に書かれた書物だから、これらを現代に置き換えてみれば、ミミクリにはコスプレだって仲間に入るだろうし、イリンクスにはアミューズメント施設のジェットコースターや室内ライド型アトラクションも含まれるだろう。

　赤線が引かれたページの中に、晋一郎の筆跡と思われるメモ書きも残されていた。

『これら全ての要素を凝縮したのがゲームだ！』と。

　流し読みではあったけれども全て読み終え、気がつくと、フロアには誰も残っていなかった。外はもうすっかり暗くなっている。

　ゲームは遊び。遊びを定義する４つの分類。そして、兄は４分類の全てをゲームが持ち合わせている、と書き残した。しかし、スクルドソフトが全力を傾注させて作り上げたはずの『パラドックスストーリー３』を、万裕美は「クズソフト」と呼んだ。それが、単なる彼女の言いがかりであると、晋二には簡単に片付けられなかった。

　晋二は、営業担当社員のデスクに置かれていた携帯型ゲーム機ホーゼンドー３

Dを手に取った。市販されている機種ではなく、メーカーが開発段階にあるソフトの動作確認や修正作業を行うための特殊なモデルだ。法人のバイヤーや旗艦店舗に営業する際、試遊してもらえるように『パラドックスストーリー3』の開発用ゲームカードがすでに装着されている。

　晋二は席に戻り、ゲーム機の電源を入れた。十数年ぶりに、自分の意志でプレイする家庭用ゲーム。躍動感のあるテーマ曲と共に、アニメを見ているようなオープニングムービが目に飛び込んできた。

◆

　翌日の役員会議は、午前11時から始まった。
　晋二の目は充血している。家にも帰らず、一晩中社長席で『パラドックスストーリー3』をプレイしていたからだ。
　徹夜でゲームをしていたといっても、面白くて、時間も忘れて没頭していた訳ではない。その逆だった。このゲームのどこが面白いのか、プレイしていてわからない。しかも、序盤のうちからステージの中ボス（物語の節目に登場する敵ボスキャラクター）にすら勝てず、何度も同じステージを繰り返しているうちに夜明けを迎えた。何がどう引っ掛かるのかはわからないが、妙な違和感もある。
　相当眠くはあるけれど、頭の中は冴えているつもりだった。そして、このゲームをプレイしたおかげで、会社のトップとしてどんな決断を下せばいいのかもおぼろげに見えたような気がしていた。
　出席者たちが重苦しい表情で押し黙る中、しばらくして大石が口火を切った。
「社長、ソフトを売るにせよ、売らないにせよ、結論は少しでも早く出さなければなりません」
「ええ、もちろん。それで考えたんですが……」
　晋二の顔を、全員が注視する。
「『パラドックスストーリー3』の発売は、断念したいと思うんです……」
　関が大きなため息をついて腕を組み、別府が身を乗り出した。
「各法人には、何と説明を？」
「さすがに発売中止とは言えません。何とか上手い言い訳を考えてもらえません

か？」
　晋二がその思いを固めるに至ったのは、ゲームを実際にプレイしたからだった。一作目と二作目をプレイしていないからなのかもしれないが、何時間やっても感情移入できない。
　ブランクはあるものの、元々ゲームは嫌いじゃない……いや、大好きだった。それなのに、このゲームはプレイしていて面白いと感じられないのだ。シリーズの三作目で、一定のファンも少なからずいるだろう。しかし、何百万円もの前金を宝善堂に払って製品を作ったとしても、大量の在庫を全て自力で売り切る自信も、期待も持てなかった。そんな理由を、開発責任者の関がいる前で口にする勇気は、今の晋二にはない。
「資金に余裕がない以上、致し方ないと思います。この席に、断固反対と言う者はおらんでしょう。で、今後の資金繰りはどのように？」
　役員たちに共通する認識と不安を代弁した大石が、晋二を見た。
「これまでのようなパブリッシャーではなく、デベロッパーに鞍替えするしかありません」
　社長就任にあたって、晋二もゲーム業界の基礎知識くらいは一通り頭に叩き込んでいる。この業界において、パブリッシャーはゲーム販売会社のことであり、デベロッパーは開発会社のことだ。つまり、パブリッシャーの下請けソフトハウスとして生き残りを模索するしかない、というのが晋二の結論だった。
「よそのパブリッシャーは大手も中堅も、開発をアウトソーシングする場合、太いパイプで繋がってる気心の知れたデベロッパーに委託してるんだ。そこへいきなり営業かけて、注文なんか取ってこれるのか？」
　関が吐き捨てるようにかみついた。
「家庭用ゲームでは難しいですよね。開発期間だって半年、1年、それ以上かかるでしょうし、クライアントからはある程度の前金ももらわなくちゃいけない。でも、どれくらいの前金を渡してくれるかは、相手との交渉次第で不透明だし、場合によっては前金を拒否されるかもしれません。であれば、ダウンロードアプリ、もしくはソーシャルゲームに賭けてみてはどうでしょう？」
「俺たちに、スマホのゲームを作れって言うのか？」
「スマホ用なら、開発には2、3か月くらいしかかからないと聞いていますし、

今勢いのあるドリーやＲＮＡといったソーシャルゲームのパブリッシャーも新規のデベロッパーを求めているはず。うちのように長年家庭用ゲームを作ってきて、実績とノウハウがある会社となら、交渉だってそんなに難しくないような気がします。うちの開発スタッフは15人ですが、ゲームアプリの開発は数人規模で行われているケースが多いようですから、同時に３つか４つのプロジェクトを並行して進めることも可能です。当面大もうけはできないかもしれないけど、これなら、短期間に収益を確保して操業を続けられませんか？」

　夜明けから、思い付くままネットでありったけの情報を仕入れ、晋二は会議に臨んでいた。付け焼き刃ではあるけれども、その成果を一気にまくし立てた。

「スマホのゲームを見たことあるのか？　グラフィックの質は、一世代も二世代も前のハードレベルなんだぞ。俺たちが培ってきた高い技術力を、あんな低級の遊びのどこで活かすって言うんだ！　ふざけるな！」

「そんなこと言ったって、他にどうしようも……」

「俺はな、複数の大手パブリッシャーから『うちに来ないか』とこれまでに何度も誘われてるんだ。もちろん、本格的なロールプレイングゲームを制作するための責任者としてな。それを断り続けてきたのは、創業以来、晋一郎さんと一緒に大きくしてきたこの会社に愛着があったからこそだぞ。しかし、弟のお前が会社の方針をそこまで転換するというのなら、俺がここにいる理由はもうない！」

「ちょっと、待ってくださいよ！」

「とにかく、そんな方向に進むなら、こっちはやってられん。勝手にするがいいさ」

　吐き捨てるように言った関はすっと立ち上がり、背を向けてその場を出て行った。

「お、おい、関！」

「専務、待って！」

　大石と八塚が慌ててその後を追いかける。

「社長……」ずっと伏し目がちだった別府が顔を上げた。「私は、個人的には関専務が好きじゃない。しかし、現在のうちの会社の開発チームはほぼ全員、彼の息が掛かってる。彼が協力を拒めば、他の者も多くが同調してしまうでしょう。うちの開発部隊は崩壊します……」

「万が一そんなことになったとしても、残ったやる気のあるスタッフだけで何とか乗り切りましょうよ」

「そりゃ大容量で高精細な家庭用ゲームを作るよりも、短時間で気軽に遊べるスマホやモバイルのソーシャルゲームを作る方が技術的には遙かにハードルが低いですよ。でもね、ソーシャルゲームには、ソーシャルゲーム独特のノウハウが必要だ。こういったゲームの多くは、プレイだけなら基本無料。ゲームを進めるうえで有利になるアイテムや、新たなステージやストーリーに課金することで利益を得るシステムですから、ユーザーの間口を広げるために内容を面白くするだけでなく、どのように、どんなタイミングで課金を行えばいいかが最も重要なんです。これに失敗すると、完全買い取り受注であればクライアントの信用を損なって、二度と発注は来ない。また、各ソーシャルプラットホームに参入させてもらい、売上の一部を手数料としてパブリッシャーに払うという方式なら、うちが大赤字を抱えることになるでしょう。肝心のソーシャルゲームのノウハウが、うちには全くないんですから」

「つまり、ソーシャルゲームに精通した人のアドバイスが不可欠……」

「それに、ソーシャルゲームで何をしても儲かる時代はとっくに過ぎました。社長みたいな考えの元に、多くの開発会社が一気に新規参入して、ゲームタイトルはすでに飽和状態といってもいい。競争の激化で、参入はしたものの思うように収益をあげられないという開発会社があちこちに出てきています。そんな中での新規営業なんて、私にはまるっきり自信がありません。お役に立てず、申し訳ありませんが……」

別府が席を立ち、残されたのは晋二と市川の2人だけとなった。

「えらいことになってしまいましたな……」

これは市川にとっても予想外の展開だったようだ。目をつぶり、そのまま黙り込んでしまった。

別府の言葉には、どれもこれも反論の余地がない。特に3階の開発チームの独特な雰囲気は、最初の頃から気になっていた。妙な"アウェイ感"と表現すればよいのだろうか。どの社員も関には笑顔で受け答えしているのに、晋二には無表情で必要最小限の言葉しか返してこない。中には、邪魔くさそうにぶっきらぼうな対応をする者だっている。こちらの年が同じか、若いくらいだからなめられ

ているのか、就任したての社長にまだ慣れていないのか。そんな3階フロアのことを、2階にいる社員たちは、よく"関組"などと揶揄していた。
　関の協力なしであのチームを、自分がまとめ、率いていくのはかなり難しいだろう。
「開発に新しいリーダーを連れてくるにしても、先立つものがなければどうにもなりませんよね。かといって、社内で関さんに代われる人なんて……」
　現在のスクルドソフトでは、ゲーム開発における実務面の全権限が関に集中しており、ゲームシナリオも彼が自ら担当していた。開発スタッフの大半はプログラマーとグラフィックデザイナーで、関を補佐するサブリーダー的存在はいない。
「彼女ならひょっとして……でも、まだ若すぎるか……」
　市川がつぶやくように天井を見上げた。
「彼女って、誰のことです？」
「営業に高杉さんって女性がいるでしょ。営業事務をやってる高杉万裕美」
「彼女、まさか、元々クリエイターなんですか？」
「ええ、本来はゲームプランナーのアシスタントとして採用されてるはずです。昨年春の新卒で。まあ、新卒って言っても、20歳とか22歳じゃなくて、彼女は今年……25歳だったかな」
　ゲームプランナー……ゲームの原案を企画し、ルール、オブジェクトリスト、画面レイアウトなど、ゲームを作るための設計図である仕様書を作り、場合によってはシナリオ作りにも関与する、ゲームクリエイターの中でも花形的な職業だ。
「そうだったのか、それでゲームの中身にもいろんなこだわりが……で、どうして今営業にいるんですか？」
「あれは去年の暮れだったかな……社内の細かな事情はよく知りませんが、新作ゲームの内容について、どうも関氏と意見が対立してしまい、相当やり合ったようです。その結果、干されて、今の部署に」
　彼女のやる気のなさ、経営陣である晋二への風当たりの強さも、どうやら理由のあることだったらしい。
「とはいえ、例え彼女が開発の責任者になったとしても、あのチームじゃ誰一人言うことを聞かんでしょうがな」
　その通りだ。いずれにせよ、関には開発チームのリーダーとして力を貸しても

らわなければどうにもならない。
「俺、関さんともう一度話し合ってきます。この会社をずっと支えてきた開発の要に見限られてしまえば、ゲームメーカーとしてのスクルドソフトは終わりです」
　晋二は市川を残し、3階の開発フロアに上がった。
　しかし、関はとっくに外出した後だった。行き先は、フロアの誰にも告げていない。関を追いかけていった八塚と大石の姿も、社内にはなかった。
　自分の下した決断が、これほど強いアレルギー反応を引き出してしまったのかと思うと、晋二はこれから先、何をどうしていけばいいのか頭の整理もつかない。自己嫌悪が胸の中に広がっていく。そして、無性に情けない。
　風に当たりたくて、外に出た。
　緑色に澱んだ外堀沿いにある、飯田橋駅近くのカフェで1杯のブレンドコーヒーを頼んだきり、口も付けずに何時間もただぼんやりとしていた。
　いつの間にか、夜のとばりが下り、晋二はスーツの内ポケットからスマートフォンを取り出して時間を確認した。
　あと20分足らずで午後7時になる。
　約束の時間が近付いていた。
　この日、晋二は恋人の寒野美幸と久しぶりにデートの約束をしていた。
　美幸は、晋二より5歳下の23歳。高校卒業後、大手化粧品メーカーのビューティーアドバイザーを務め、現在は銀座にある百貨店の化粧品コーナーに詰めている。
　友人の紹介で付き合い始めて、もう丸2年。お互いの両親に正式な挨拶まではしていないが、結婚の口約束は交わしている。フィアンセと言っても差し支えない間柄だ。
　ただ、晋二が新聞社を辞めてスクルドソフトの経営を引き継ぐことに対して、美幸はあまりいい顔をしなかった。会社の経営状況が芳しくないということまで、正直に話したせいかもしれない。
　デートをしても、スクルドソフトの話題になると暗い顔になり、美幸の口数はめっきり減った。
　彼女がスクルドソフトや家庭用ゲーム業界に対して、良い印象を持っていないのであれば、それを確かめ、誤解があれば早い内に解消させたかったのだが、新

聞社での残務整理と、スクルドソフトを継承するための細々とした手続き、経営状況の把握、業界の勉強などに忙殺され、ゆっくり話す時間を持てなかった。

　スクルドソフトに初出社した日からというもの、忙しさには益々拍車がかかり、この１か月間たった一度のデートもできなかったのだ。

　それでも、こまめにメールだけは毎日送っていた。その日、どんな仕事をしたか、どんな場所へ出掛けたか……。社運を賭けた新作ソフトの受注本数がたった８本だったことも、昨晩のメールで知らせている。いつも結構具体的に書いた長めのメールを送っているにもかかわらず、美幸からの毎度の返信が励ましの内容ではあるものの、案外あっさりした短文であることが少し気になっていた。

　しかし、晋二はとにかく今ただひたすら美幸に会いたかった。このどん底の気分にある自分を慰め、元気付けてくれるのは彼女しかいないのだから。美幸こそ、晋二にとってかけがえのない存在と言って良い。

　落ち合う場所は、ＪＲ市ヶ谷駅前にある行きつけのビストロだ。

　飯田橋からはＪＲで１駅しか離れていないが、徒歩でも十分約束の時間には間に合う。カフェを出た晋二は、目的地に向かって足早に歩いた。

　晋二が午後７時ちょうどに店へ滑り込むと、一番奥にあるいつものテーブルにはすでに美幸の姿があった。今日早番だった彼女は、同僚に後を任せて午後６時には仕事を終えていた。

「久しぶり。待たせた？」

　笑顔を作って席に着いた晋二に、真向かいの美幸はほんの少し頬を緩めてから、無言で首を振った。

　美幸の前には、水の入ったグラスしか置かれていない。

「とにかく何か飲もうよ。俺は生ビール、美幸は白のグラスワインでいい？」

　注文しようと店員に振り向こうとした晋二を、「待って」と美幸が小さな、ただし鋭い響きを含んだ声で止めた。

「……どうしたの？」

「………………」

「何だよ？　　言いたいことがあるんなら、はっきり言ってくれよ。俺が新聞記者辞めたこととか、兄貴のゲーム会社を継いだこととか……美幸がよく思ってないのもわかってる。それは、俺がこれまでの経緯をきちんと説明しなかったから

だ。兄貴が死んでから、限られた時間の中で大事な決断を次々としなくちゃいけなくて、その決断に伴ってやらなきゃいけない物事が山のように一斉に降りかかってきて……実際毎日がパニックみたいな状態で朝から深夜まで、1日の休みもないまま現在に至る、みたいな。でも、俺の思いとか、継いだ会社についてとか、きちんと話せば、美幸ならわかってくれると思って。今の俺たちの間にある誤解というか、わだかまりというか、そんなもやもやっとしたものも取っ払えるはず。だから、今日はじっくり時間を取って美幸と話し合って……」

「私ね……」美幸は視線をテーブルに向けたまま晋二の話を遮った。「別に好きな人ができたの……」

「えっ……」

その一瞬、晋二の頭の中は真っ白になった。

「今、何て？　……」

「同じ会社の人……8歳年上の……」

「ま、まさか、何で？　俺たち、結婚の約束だって、そりゃちゃんとした婚約もしてないし、エンゲージリングだって贈ってないけど、でも俺たち将来は一緒になるって……」

「それは、晋二が新聞社にいた時の話よ」

「どういう……こと？」

「日本を代表する大きな新聞社で記者をやってるあなたは、私の自慢であり、憧れでもあったわ……。それを急に辞めるって言い出して、お兄さんの会社だから、ただ1人の肉親である晋二が継がなくちゃいけないのもわかるけど……それがどうしてちゃんとしたまともな会社じゃなくて、ゲームの会社なの？　ゲームって、オタクの人たちの娯楽だし……小さな子供が長時間やったりするとキレやすく、暴力的になるし、脳にだって異常を起こすものなんでしょ？　そんな風にずっと警鐘を鳴らしてたのが、新聞じゃない！」

「そんなのは単なる仮説だし、科学的にきちんと証明されたことじゃなくて……」

美幸は、晋二の反論など聞く耳を持ってはいなかった。

「こんな大事な話を、勝手に自分だけで決めて。私の気持ちなんて、これっぽっちも聞いてくれず、考えてもくれず……結局、新聞社を辞める、お兄さんの会社

を継ぐ、その報告だけ。それを聞いた途端……私の心の中にあった何かが、崩れちゃったのよ。砂山が崩れるみたいにして……」
「俺への気持ちは……もう全然ないの？」
　こっくりとうなずいた美幸の目から、一筋の涙がこぼれ落ちた。
　精神的にも肉体的にも疲れ果ててここまでやってきた身に、この衝撃は相当堪えた。説得や反論をする気力も湧いてこない。晋二は、ただ呆然とするしかなかった。
　2人とも口をつぐんだまま、5分以上が過ぎた。
　ようやく、美幸がゆっくりと席を立った。
「ごめんなさい……さようなら……」
　そう言うなり、美幸は足早に店を出て行った。
　周囲の客が、何が起こったのかと不審そうに彼女の背中を目で追う。
　真空状態のようだった晋二の耳に、周囲の客たちの話し声や笑い声が急に飛び込んできた。
　会社に戻ろうという意志も、四谷に借りているワンルームマンションに帰ろうという気持ちも起こらない。昨晩から一睡もしておらず、時折強烈な睡魔に襲われるものの、まだ眠りたくない。
　晋二は、込み入った話をしているらしいと察して、注文を取りに来ず待っていてくれた店員に生ビール1杯だけは頼んだものの、この場所で1人飲み続ける気には到底なれなかった。
　早々に店を出て、3軒隣で赤提灯を掲げている居酒屋にふらりと入り、何種類かのつまみと一緒に焼酎の湯割りを3杯飲んだ。あまり酒は強い方ではない。スマホの時計を見ると、午後9時。胸にぽっかりと空いた大きな穴は、埋まるどころか、わずかなりとも小さくなる気配すらない。もう1軒だけどこかに立ち寄り、酔いの度合いをもっと増してから帰ろうと思った。
　市ヶ谷から四谷まで、二七通りを抜けて歩いていく途中、雑居ビルの地下に、まだ入ったことのないバーが営業していた。
　ここでバーボンのロックでも1杯やって、締めにしようと決めた。
　晋二が階段を下りて中に入ると、薄暗い店内は10人ほど座れるカウンターのみで、一番奥に先客が1人だけいた。

「いらっしゃい」60代とおぼしきマスターの抑揚のない挨拶に続いて、甲高い、それでいて聞き覚えのある女性の声が響いた。
「あんたは！？」
　奥の席で赤ワインのグラスを傾けていた女性が、ぽかんと口を開けてこちらを見ている。

　彼女は……高杉万裕美！
「どうして君が、この店に？　……」
「どうしてって、ここはあたしのお気に入りの店だし、毎週末、来ることにしてるし……っていうか、そんなことより、会社から飛び出してったまま、どこ行ってたの？　会社、大騒ぎになってんだから」
「えっ？　大騒ぎって？」
「役員会議の内容、もう全社員に筒抜けだから。関が開発の連中に漏らしたのが、すぐに２階にも伝わって。みんなパニックよ。会社の運転資金がもう１か月くらいしかないなんて」
　哀れむような目でこちらを見ている万裕美を、晋二は直視できない。
「お客さん、立ったままもなんだから、まあ座って１杯やんな」
　マスターに促され、晋二は万裕美から一つ椅子を挟んで座った。
「社員のみんなにまで心配かけさせてしまって……。それもこれも、『パラドックスストーリー３』の受注本数があんな桁外れに最悪の数字になったからで……」
「まだそんなこと言ってるの？」万裕美は視線を急に鋭くさせた。「あんなソフ

トが法人に受け入れられないなんて、最初からわかってたじゃない」
「えっ、君はあの受注数を予想してのかい？」
「ゼロ発注だと思ってた。でも、ゲームズハッチさんが直営店に１本ずつ取ってくれるなんて……あのお店の社長さん、情の深い人なのね」
「他社のキラータイトルと３つも発売月が重なるなんて、運が悪かったとしか言いようが……。それに、二作目の出来があんまり良くなかったことで、バイヤーの心証も損ねてたようだし……」
「その言い訳、別府があんたに吹き込んだの？」
「ああ……どこか間違ってる？」
「ごく部分的には合ってる。でも全部じゃない。あんた、あのゲーム、やってみた？」
「……一応は」もう晋二には、万裕美のタメ口が気にならなくなっている。
「どうだった？」
「うん……」注文したバーボンロックが目の前に置かれ、晋二は一口飲んだ。「君が教えてくれた、カイヨワの『遊びと人間』も読んだよ。プレイヤーが主人公を操作して、架空世界の物語を体験するロールプレイングゲームには、あそこで書かれてる遊びの４つの要素が全部詰め込まれている。敵とのバトルにはアゴーンとアレアが含まれているし、主人公はプレイヤーの分身と考えればミミクリ、物語を進めることで得られる緊張感や高揚感はイリンクスに属すると言っていい。同じジャンルの『パラドックスストーリー３』にもそれらが全て組み込まれてるはずなのに……プレイしてて全然面白いと思えなかった。中学生の頃まではいろんなロールプレイングゲームもやって、結構熱中してたのに。それからはずっとゲームから遠ざかってたし。俺が年をとっちゃったからなのかなぁ」
「ううん、年のせいじゃない。あたしもプレイしたけど、全然面白くなかったもん。シリーズの三作目を作るにあたって、うちの会社は明らかにおかしな方向にシフトしちゃった。"二作目よりももっと綺麗なグラフィックに""ホーゼンドー３Ｄが備えてる立体視機能に完全対応した３Ｄ（立体）表現に""登場キャラクターの全ての台詞には声優のボイスを""ストーリーのボリュームは前作の２倍近くに"……ってね。これらはどれも大事な要素ではあるわよ。でも、一番肝心な"ゲームの中身を面白くする"っていう点が欠落してた。一作目のストーリーは面白かっ

たわ。でも、二作目はイマイチ。三作目の原案は、完璧にマンネリ化してて、しかもそんなダラダラした展開をボリュームだけ増やそうとしてるもんだから、あたし、関に反論したの。シリーズの原案とシナリオは全部関が1人で担当してるから、内容をもっと変えた方がいいって」
「君はその頃、アシスタントプランナーだったんだね。それで、関さんと口論になったのか……」
「あたしが気に入らなかったのは、テキストもよ。画面に表示されるストーリーやキャラの会話。やたら難しい表現や読めない漢字がいくつも出てきて。ユーザーには、小学生や中学生だっているんだから、表現は極力わかりやすくしなきゃいけない。でも、どこのメーカーのクリエイターも主力は20代や30代じゃない。自分の若さを隠すために無意識にそうしてるのかもしれないけど、特にテキスト量が多いロープレ（ロールプレイングゲーム）やアドベンチャーは業界の風潮として難しい漢字を使った読みづらいテキストが多すぎる。関なんて、もう40歳過ぎたいい年になってるのに、若いクリエイターと同じような文章書いてるもんだから、それも指摘してやったの」
「そうか……『パラドックスストーリー3』をプレイしてて思った妙な違和感はそれだ！　新聞記者ってさ、記事は中学生でも読めるように書くことが求められるんだ。だから、新人の頃はわかりやすく、しかも簡潔に書く訓練をすごく厳しく指導された。だからゲーム画面に表示されるテキストが、どうもすんなり頭の中に入ってこなくて……でも関さん、怒っただろ？」
「ええ、激怒。次の日から、あたしは法人からの受注本数をまとめて手配する営業事務に異動させられた。大村社長が、ああ、あんたのお兄さんが随分かばってくれたんだけど、開発部門の実権は全部関が握ってるから」
　関は、自分の作ったゲームに対する自負がかなり強いはずだ。それは、この1か月で交わした会話の端々から晋二も感じ取っていた。しかし、社長だった兄でさえ、関を抑えられないというのは意外だった。
「創業した時から、兄貴は開発にも深く関わってたはずだけど……」
「ハードの高性能化に伴って、開発技術がどんどん高度化、専門化していったでしょ。独学だった大村社長がそれに追いついていくのは限界があって、あたしが入社する数年前からは予算の面倒を見るプロデューサー業に専念してたの。開発

部門は、創業時から加わってた大村社長の中学の頃の後輩で、コンピュータ専門学校にいた頃はゲーム制作の技術で右に出る者はいないとまで言われてたらしい関が取り仕切るようになって」
「ふ〜ん……あと、バトルなんだけど、ロールプレイングゲームのバトルって、昔のゲームの方がもっと楽しかったような気が……」
「最初のステージのボスキャラ、倒せなかったでしょ？ あれは、公式サイトを通じてうちの社に寄せられた、前作ユーザーの声を反映させたから。敵をもっと強く、もっと歯応えのあるキャラにしてほしい、ってね」
「でも、それはユーザーの声なんだから、そうするのが正解じゃないの？」
「あのね、わざわざそんな要望やらクレームやら入れてくるのは、大半がマニアックなユーザーよ。普通のユーザーはそんなことしない。だから、メーカーには偏った声しか届かないの。それをマーケティングだと勘違いして、バトルの難易度にかなりの手を加えた。あれじゃ難しすぎて、ライトな新規ユーザーを獲得することなんてもちろん、普通にロープレが好きな一般ユーザーの支持だって得られやしないわ。シリーズものでそういう開発を続けちゃうと、ユーザーの数はどんどん先細っていくだけなのに」
「君みたいに危機感を覚えた人間は、社内に誰もいなかったのか？」
　話に引き込まれ、晋二はいつの間にか万裕美の隣の椅子に移動していた。
「うん……いなかった。開発の連中はみんな関の言いなりだから。でも、よく考えれば、それもおかしなことじゃない。家庭用ゲームの市場が今みたいにどんどん傾いていったのは、他の誰のせいでもない。この業界にいる大多数の人間たちのせいなんだもの」
「それ、どういう意味？」
「今のゲームメーカーの経営陣やベテランクリエイターたちって、出せば何でも売れた20年前、30年前のバブルを経験してるから、本当の意味での市場調査とか、ユーザーのマーケティングとかの重要性をよくわかってない。だから、ゲームの出来具合は、ひとえにクリエイターの腕にかかってしまう。市場が急成長して、優れたクリエイターによる良作だけじゃなく、平凡なクリエイターによる駄作も一杯あふれるようになった。法人のバイヤーは、そのゲームの善し悪しをきちんと自分で評価して仕入れに反映させるべきだったのに、彼らは分単位で動く

超過密スケジュールを毎日こなしてる。じっくりゲームをプレイして品定めなんて、そんな悠長なことしてる余裕はない。結局、面白くないソフトなのに、メーカーの営業担当の口車に乗せられて大量に仕入れ、売れずに不良在庫を抱えるというケースが、多発してしまったわ」
「じゃあ、どこの法人も仕入れる基準みたいなものを改めようって動きになるよね」
「そう、バイヤーはある意味最悪の方法を選んだのよ。実績重視、っていう」
　彼女の説明は、晋二にとって衝撃的だった。
　法人のバイヤーたちが、仕入れの失敗を少なくするために選んだ"実績重視"方式は、ゲーム市場の衰退を加速させた。この"実績重視"方式の前にもう一つ、多くの法人が実施していた不良在庫対策があった。それは、抱き合わせ販売である。当時品薄状態だったゲーム機本体と、売れないソフトをセットにした販売方法だ。店の中には、１本どころか、３本、４本、ひどいところでは５本、６本ものソフトを強制的なセットにして売りつけるケースもあった。しかしこれは間もなく、独占禁止法違反の行為として、特に悪質だった法人に対し公正取引委員会から排除勧告が出されたことで、自ずと沈静化していった。
　"実績重視"方式に戻る。
　万裕美の話をまとめると、失敗しないために法人が尺度とする"実績"とは、ヒットを飛ばしているメーカーのソフトであるか、ヒットを飛ばしているソフトを作ったクリエイターの作品であるか、ヒットを飛ばしたアニメやコミックを原作としたソフトか、そしてヒットを飛ばしたソフトのシリーズもしくは関連作品であるか、だった。
　こんな状況では、いくらオリジナリティがあり、意欲的なゲームであっても、新作は「実績がない」の一言で片付けられ、発注本数は低く抑えられる。法人からの発注が少なければ、製造もそれに比して少なくなる。店頭に並ばなければ客の目には届かず、売れ行きが伸びるはずもない。そうして、優れた内容でありながら、世に知られず、ひっそりと消えていったゲームは少なくなかった。
　メーカーは勢い、ヒットした作品の続編、そうでなければヒットした作品を異なるゲーム機向けにリメイクするという安直な戦略に熱中しだした。今、ゲーム売り場の棚に並んでいるソフトの多くに「２」「３」「４」やら「Ⅴ」「Ⅵ」「Ⅶ」

やら「２０１３」「２０１４」「２０１５」といった、シリーズ作品であることを示す数字や西暦がタイトルに付けられているのはそのせいだ。
「そんな業界の内情、全然知らなかったよ、俺……」恐らく心ある業界関係者ならずっと以前から気がつき、心を痛めていたであろう課題を、年下の社員から懇々と聞かされている自分が、晋二は恥ずかしくてしょうがなかった。
「それに、専門メディアが成熟しなかったことも拍車をかけた。あんた、新聞記者だったんでしょ？」
「うん、８月まで……」
「あたし……マスコミって大嫌い」
「どうして？」
「マスコミは、ずっとゲームを目の敵にしてきたじゃない。ゲーム画面を見てた子がてんかんを起こした、ゲームは子供にとって有害だ、現実と虚構の区別がつかなくなる、内面に閉じこもってコミュニケーション能力が低下する、精神が攻撃的になる、って。若者による凶悪犯罪が発生する度に、その犯人の趣味はゲームだったとか付け加えて、犯罪とゲームがさも関連あるかのように騒ぎ立てた。果てには、ゲームをプレイすると脳が壊れるなんて説が飛び出して、多くのマスコミがそれを肯定的に報道したでしょ」

　晋二は一言もなかった。万裕美の言う通りだ。そんな報道を、美幸も、そのまま真に受けていたのだから。

　晋二はゲームのおかげで、ゲームを生業とした兄の機転と決断があったからこそ、両親の死後も生活に不自由することはなかった。思春期になってからこそ遠のいたものの、子供の頃はゲームばかりしていた。だから、マスコミの一員となり、悪意に満ちた報道がどれだけ流れてこようとも、それらを鵜呑みにはしなかった。ゲームの有害性について、ピンと来なかったのだ。

　かつて晋二は、ゲームを一方的に批判するのではなく、ゲームの有益性についても検証しようという企画を新聞社内で提案したことがある。しかし、それは編集デスクからあっさり却下された。当時、編集局内の上層部にあっては、"ゲーム・イコール・悪"という公式がすっかり定着していた。デスクからは「そんな記事を出して、教育関係者や教育団体から猛烈なクレームが来たら、お前どうやって対応するんだ。ちゃんと反論できるのか？　いい加減にしろ」とまで釘を刺され

た。そこまで言われると、敢えて書こうという気持ちにまでは至らなかった。ゲームが悪でないとわかってはいても、「では善なのか？」と問われた時、胸をはってそうだと言える自信がなかったからだ。

　うつむいた晋二に、万裕美はさらに畳み掛けた。
「でも、そんな有害論はどれもこれも科学的根拠に乏しい。ゲームを批判する人は、大抵ゲームをちゃんとプレイしたこともない人よ。未知の物に対する不安感や恐怖感が、ゲームを悪者扱いさせてる。カラーテレビが普及し始めた1950年代、日本の有名な評論家や作家たちは『テレビばかり見ていると、人間の想像力や思考力を低下させ、日本人は総白痴化してしまう』と言ったんでしょ？　それで、日本人は白痴になった？　今と全く似たような議論じゃない。若年の犯罪者が実はゲームファンだったって言っても、人気のあるゲーム機は国内だけで2千万台近くも売れてる。大抵の子がゲームのユーザーなんだから、そんな関連づけは意味がないわ。ゲームが脳を壊すっていう説には、大学の研究者や有識者から反証や疑問を呈する動きも一杯出てる。でもそんなことについて、マスコミはほとんど報道しないんだもん。笑っちゃうわよ」

　ここまで言ってから、万裕美は熱くなった自分を反省するかのように晋二の顔をのぞき込んだ。「別に、あんたを攻めてる訳じゃないから」

　晋二は苦笑いで応じた。「でも、マスコミの偏向報道がゲームの市場にダメージを与えたっていうのは、納得できる」
「う〜ん……ダメージは確かにあったけど、そればっかじゃないんだな。まあそんな環境があったから、確かにゲームの専門メディアは発展しなかった。まともな論評や業界の未来を語るメディアは大きくならず、ゲーム機やソフトを紹介するゲーム雑誌ばかり出版され……それも今では淘汰されて、マスメディアと呼べるのは『週刊ゲームレビュー』1誌だけ。で、ここにメーカーがこぞって広告を入れ、記事を書いてもらおうと必死になる現状が作られちゃった。でもこの情報誌の主要読者は10代から20代までの男の子。しかもかなりゲームをやり込んでる子たちばかりよ。その層に向けたゲームならオッケーだけど、幅広い層に向けたライトなゲームや、女子にニーズがありそうなゲームだと、ＰＲ効果は期待できない。でもほかにゲームメディアがないから、どこのメーカーも仕方なく広告を入れる……結果、やっぱり売れない。なんか、下手なコメディ見てるみたい

でしょ」
　自虐的な笑みを浮かべる万裕美に、晋二は同調できなかった。
「でも、テレビＣＭは効果があるだろ？　最近ゲームのＣＭはあんまり見かけないけど、ちょっと前まではたくさん流されてたよね？」
「そう、確かにＣＭ効果は絶大だった」
「だった？」
「どのメーカーもグラフィックだけには力を入れるから、15秒とか30秒の尺なら、うわべはすごく格好いいＣＭになるのよ。だからたくさんのユーザーが、ＣＭに釣られてどんどんゲームを買った。それで実際にプレイしてみると、イメージと全然違う中身だったり、面白くなかったり。家庭用ゲームソフトは、１本が数千円もする決して安くない商品でしょ。そういうことが何度も重なると、消費者だってバカじゃないからＣＭだけ見て買わなくなる。宝善堂が一時期、ゲームの内容をわかりやすく紹介するＣＭも作ってたけど、限界があったわね。ＣＭは作るだけで何百万もかかるし、それを全国ネットの人気枠で放送しようとすれば、１クール（4半期・3か月間）の放送で億単位になっちゃう。販売効果が期待できない広告に、そんな大金出そうってメーカーはどんどん減っていった」
「それで最近、家庭用ゲームのＣＭをあんまり見なくなったのか……」
「その代わり、売上を急増させてるソーシャルゲームの方は、昼も夜もバンバンＣＭ打ってるけどね」
「じゃあ、インターネットでのＰＲは？」
「ネットには情報があふれてるけれど、こっちはこっちで情報量が膨大すぎて普通の人には取捨選択が容易じゃない。結局はどんなゲームなのかが、わかんない。だから、多くの人が基本無料で手軽なソーシャルゲームに流れていっちゃった。一時は国民的な娯楽として定着するかに見えてた家庭用ゲームは、いつの間にかどんどん元気がなくなって……このままだと、消えてなくなっちゃうかもね」
　じっと聞いていた晋二は、大きなため息をついた。これまでゲームについて真剣に考えたこともなければ、知ろうとする努力もしてこなかった。そしてそのまま、ゲームメーカーの社長に収まってしまった。「俺……社長になってから何やってきたんだろう……。ゲームに未来は……もうないのかな……」
「あるわよ」万裕美が、初めて優しい眼差しを向けた。

「えっ？」
「何だかひどい顔してるわね。目の下にはクマもできてるし。寝てないんでしょ。明日は土曜だから１日ぐっすり寝て、日曜あたしに付き合ってよ」
「付き合う？」
「いいもの、見せてあげる」
　晋二が万裕美の笑顔を見たのも、これが最初だった。その笑顔が体の中に優しく染みこみ、不思議な化学反応を起こしていることに晋二は気付かされた。

◆

　万裕美との待ち合わせの場所は、ＪＲ東京駅から京葉線快速で約30分。千葉県にある海浜幕張駅の改札前だった。前日の土曜、晋二は家の中でほとんど終日泥のように眠っていたので、体調は万全だ。
　日曜の午前11時50分。約束の時間よりも10分早く改札前に着いた晋二だが、同じ列車から吐き出され、次々と改札を出ていく大勢の乗客の中に万裕美の姿を見つけた。
「やあ」少し大きな声で呼び掛けた晋二に、万裕美もすぐに気がついた。
「同じ電車だったのね」
　２人が徒歩で向かったのは、駅から数百メートル離れた場所にある大型国際展示場である。この駅で降りた乗客の多くが、同じようにその施設を目指しているようだ。しかも、親子連ればかり。子供の方は小学生。男の子が多いようだが、女の子の姿も結構見かける。
「何かのイベント？」
「あれよ」
　万裕美が指差した展示場の前に、大きな横断幕が掲げられている。
『ミニモン全国キャラバン決勝大会会場』
「ロープレも随分やってなかったようだけど、名前くらいは知ってるでしょ？ミニモン」
「ああ、携帯ゲーム機向けのロールプレイン……ロープレだろ」
　このゲームタイトルを知らない日本人は、ほとんどいないだろう。もう20年

以上前に第一作が初期の携帯型ゲーム機用に発売されて以来、世界的な大ヒットを飛ばし、2、3年おきに新作がリリースされ続けているロールプレイングゲーム「ミニミニモンスター」の略称だ。

　主人公はゲームの世界に生息する小さくて可愛いミニミニモンスターたちを捕獲、育成し、バトルを繰り返しながら、ミニモントレーナーとしての頂点を目指す。それぞれ個性的でデザイン面にも優れたミニモンを収集、育成する楽しみだけでなく、無線通信機能を使って友達と対戦やミニモンの交換もできるという要素は、子供たちの圧倒的な支持を得た。ミニモンの中には、その愛くるしいキャラクターから絶大な人気を獲得したピカニャンなどが脚光を浴び、ブームはぬいぐるみ、玩具、文具、さらにはコミック、アニメといった二次著作物へと拡大。家庭用ゲームの黎明期から発展期にかけて、ユーザーは男の子ばかりだったにも関わらず、このゲームの爆発的なヒットの影響で、女の子までゲームに加わるようになったと言われている。

「大手新聞社がメーカーを後援して、毎年開いてるの。今年は、ホーゼンドー3D用の最新作を遊んでるユーザーに向けた大会。全国を7ブロックに分けた地方予選で勝ち上がってきた子たちが、日本一をかけて今日対戦するのよ」

　大会に参加するためにはエントリーしなければならないが、観覧だけなら誰でも無料で入場できる。

　会場は1千人、いや2千人以上の観客や参加者たちで熱気に包まれ、勝ち抜き戦の第1回戦が始まったばかりだった。中央には赤外線通信による1対1の対戦用テーブルが10台設置され、ゲーム機を手にした子供たちが真剣な表情で操作している。プレイヤーのゲーム画面は、テーブルの横にずらりと並んだ大型モニターにも映し出され、どんなバトルを繰り広げているか観客にも一目瞭然だった。対戦は、手持ちのミニモンの中から3匹を出し合い、それぞれのミニモンが身に付けている複数の攻撃技を選択して戦わせる。対戦時間は1回15分と設定されているので、バトルが長引くことはなく、イベントは主催者側が想定するタイムスケジュール通りスムーズに進行していく。

　周囲に巡らされたプラスティックフェンスの外側には何重もの人垣ができており、「がんばれ！」「落ち着いて！」などと保護者らしい大人たちからの声援があちこちから飛んでいた。大会の参加資格は小学生以下で、参加の際は保護者同伴

が義務付けられている。会場が親子連ればかりなのは、そのせいだ。
　会場の端には、フリーバトルスペースとして、50台ほどの簡易テーブルが置かれ、観客たちが自由に対戦できるようにもなっていた。ここも大賑わいである。
「ありがとう。強いミニモン、たくさん持ってるんだね」
「うん、でも君のピカニャンだって、かなり進化させてたな」
　テーブルを挟んでにこやかに握手している男の子同士がいる。
「ねえパパ、どのミニモン選んだらいい？」
「うーんと……これと、これはまず必要だよな……」
　対戦のアドバイスを熱心に受けている女の子と父親がいる。
「早く、早く！　待ち行列がどんどん長くなっちゃうよ！」
「ちょっと待って、そんなに慌てないで！　人とぶつかるわよ」
　フリーバトルに参加しようと、母親の手を引っ張って前を進む男の子がいる。
　子供たちみんなに共通している、この目の輝きはどうだ。勝って喜びを爆発させ、負けてガックリと肩を落とし、難しい顔で腕組みをして戦術を練り、手振りを交えながら対戦の感想を興奮気味に話す子供たち。
　様々な感情を体全体で表現する彼ら、彼女たちを、親は「よくやったね」と頭をなで、あるいは相づちを打ちながら微笑み、あるいは顔を突き合わせながら同じゲーム画面に見入っている。
　晋二は、目から鱗が落ちたような思いだった。
　新聞記者時代、ゲーム有害論に同調こそしなかったものの、それを否定しきれなかった自分。
　しかし、多くのマスコミからコミュニケーション能力を損ない、社会的不適応を加速させ、自閉的な行動を招く元凶と指摘されたゲームが、子供たちをこれほど明るく、元気にし、親子を結びつけ、会話を弾ませている。
「これが、家庭用ゲームに残されてる一筋の光明」万裕美は、対戦に熱中する子供たちを見つめながら、ぽつりと言った。
「だから"家庭用"のゲームなんだもんな……」
　晋二の言葉に、万裕美はハッとしたように振り向いた。
「あんた……いいこと言うわね」
「そうかな……」

照れ笑いする晋二から目を離し、万裕美は再び対戦テーブルに向き直った。
「あたしね……あんたのお兄さんが作るゲームが大好きだったの」
「えっ？」
「『ジャングル・シューター』とか『スペース・バトラー』とか」
「それ、20年くらい前のシューティングゲームだよね。俺、モニターやらされた記憶があるよ」
「あの頃のシューティングゲームやアクションゲームって、基本は1人プレイ用だったでしょ。でも、お兄さんの作るゲームは、必ず2つのコントローラを使って、2人で対戦プレイや協力プレイができるようになってた。コンピュータと遊ぶんじゃなくって、コンピュータを使って人と遊ぶように作られてた。あたしにも、3つ年上の兄がいるんだけど、いつも2人で一緒にゲームしてたの」
「そういえば、兄貴の作るゲームは、そういうタイプが多かったよな……」
「1人プレイの時の画面も凝ってたわよ。シューティングって、自機と敵の動きを見るので精一杯になるじゃない。でも、画面の端とかで可愛いキャラが踊ってたり、グラフィックの模様がどんどん変化したりするのよ。覚えてない？」
「そう言われてみれば、そうだったような……」
「もう！　弟のくせに、お兄さん天国でがっかりしてるわよ。つまり、プレイヤーだけじゃなく、周りで同じゲーム画面を見てる人も楽しませようって、多分そういう意図だったんだろうと、あたしは思ってる。お兄さんが目指してたゲームは、コミュニケーションツールとしての玩具なんだろうって」
　万裕美にそう言われて、晋二はようやくハッとなった。それらのゲームは、会社で残業や寝泊まりすることの多かった兄が、両親を失ってから1人でふさぎ込みがちだった自分のために作ってくれたものでもあったのだろうか、と。ゲームを潤滑油として、自分が多くの人たちと交わるように、そしていつか明るく、楽しい家族を再生できるように、という願いを込めて。
「1人用のゲームも好きだけど、あたしは隣にいる兄とワイワイガヤガヤ騒ぎながら遊ぶ2人用の方がずっと好きだった。だから、あたし……あなたのお兄さんに憧れて、この業界でクリエイターになろうと思ったの」
「そ、そうなの？」
「大学では工学部に進んでコンピュータの基礎技術やコンピュータグラフィック

スの応用技術は学んだけど、ゲーム開発に関する具体的なノウハウは何も得られなかった。それで、卒業後にゲーム学科がある2年制の専門学校に入り直して、去年の春に第一志望メーカーに就職できたって訳」

　万裕美の経歴を聞き、晋二はただただ感心していた。ゲームを愛し続け、努力しながら一直線で業界に入ってきた万裕美。それに対して、兄が全力を傾けて作り、自分を養ってくれた会社を潰したくないという思いがあったからではあるものの、一時期はゲームを敬遠し、新聞社からの逃げ道として、安易に会社を引き継いだと言われても仕方のない自分との違いに、引け目のようなものすら感じていた。

「あたしも、お兄さんが昔作ったコミュニケーションツールになるような家庭用ゲームを、今のゲーム機で作ってみたかった……。申し訳ないけど、今の会社はいつ潰れてもおかしくないようだし、ゲーム業界にまだ未練があるからって、家庭用でオリジナルの新作を作ろうなんてメーカーはもう他にないし。希望してきた仕事にはもう就けないんだろうけど……明日からは転職先探しに本腰入れなくちゃ、よね」

　何気ない万裕美の言葉が、晋二の頭に閃きを与えた。
「ちょっと、高杉さん……コミュニケーションツールになるような家庭用ゲームのアイデアって、もう具体的に固まってるの？」
「え？　……具体的にはまだ……。でも、何となく全体像のようなものは思い描いてるし、資料もそろえてはいるけど。それがどうしたの？」
「それ、ホントに作ってみたら……どうかなぁ」
「はあ？」
「明日、もう一度役員たちに集まってもらおう。その会議には、君にも出席してもらう。他のメーカーが作らないようなゲームなら、逆に勝機はあるような気がする。どっちにしたって会社を続けていくためには、どこかの金融機関から運転資金を新規融資してもらわなくちゃいけない。融資を引き出すには、相手が『これならいけるかも』って納得してくれるような斬新な計画が必要だ。この『ミニモン』だって、物語を進める基本的な遊び方は1人プレイで、他者とコミュニケーションできる対戦や交換はあくまでサブ的な機能だろ？　家族や仲間同士のコミュニケーションを育むことに特化させる……そんなコンセプトなら、他社の

ゲームと完全に差別化させられるし、ニーズだってあるよ」
「でも、あたしはただの営業事務だし……」
「そんなの関係ない。今は、うちの会社が存続するかしないかの瀬戸際なんだ。良いアイデアを持ってる人には、どんどん力を貸してもらわないと。ソーシャルゲームを毛嫌いして、機嫌を損ねてる関さんだって、家庭用ゲームのプロジェクトならきっと話を聞いてくれるさ。高杉さん、この通り！」

　深々と頭を下げた晋二と、戸惑いの表情で突っ立っている万裕美を、行き交う親子連れがじろじろと見ていく。
「もう、こんなところで変なマネしないでよ！　恥ずかしいでしょ！」
「お願い！　お願いします！」
　晋二は、頭を折り曲げるようにして下げたまま動かない。
　深いため息をついてから、万裕美は「わかった」と小さく告げた。
「ホントに？」
　相好を崩して顔を上げた晋二とは対照的に、万裕美は物憂げな表情を崩していない。
「でも、あたしのアイデアが、関に受け入れられるとは思えないんだけど……」
「心配しないで。受け入れてもらわなきゃ前に進まないんだから。俺、どんなことをしても説得する」
　この時、晋二の心の中に初めて、自分はスクルドソフトの一員であり、経営者なんだという確かな自覚が芽生えた。
　しかし、一旦大きく傾いた流れを簡単に好転させられるほど、物事は容易でない。それに晋二が気付くまでに、時間はそう大してかからなかった。

◆

　スクルドソフトの始業時間は、午前10時だ。役員も概ねその時間には出社してくる。
　この日晋二は早起きし、役員を再度集めて、新たな家庭用ゲームの開発によって会社の再起を目指す提案を、メモ書きでまとめていた。関ほどの実力を持つクリエイターがやる気になって、開発チームをまとめてくれさえすれば、社内の問

題はひとまずクリアする。メモ書きを作るのに思ったより時間がかかり、晋二が会社に着いたのは午前10時を10分ほど過ぎていた。
　2階のフロアに入った途端、晋二はその場に立ちつくした。
　誰もいない。いや、正確には1人いた。
　万裕美が、自分の席でぼんやりと頬杖をついている。
「高杉さん……ほかのみんなは？」
　万裕美は一言も応えず、晋二のデスクをただ指差した。
　デスクの上には、白い封筒が山積みされていた。
　どの封筒の表書きにも「退職届」とある。
「これ……どういうこと……ねえ、高杉さん？」
　万裕美は座ったまま、顔だけを晋二に向けた。「沈没の兆しがある船からはネズミがいなくなる、って言うじゃない。それよ」
　晋二は、フロアを飛び出し、階段を使って3階に駆け上がった。
　いつもなら、黙々とパソコン画面に向かって作業している開発スタッフたちの姿もない。しかも、どのデスクもきれいに片付いていて、社の備品であるパソコンや開発機材を除き、私物が一切見当たらない。開発の連中は土日の間に出社してデスクを整理し、退職届を置いていったらしい。
　2階に戻った晋二は、一通一通開封して中の書類を取り出し、目を通した。
「みんながみんな、判で押したように『一身上の都合』でもって『来る11月5日をもって退職いたします』だってさ」
「はあー、みんな賢いわね。辞めるまでの1か月間、これまで貯まってた有給休暇を目一杯消化するってことかー。まあこのままだと倒産の可能性大なんだから、誰だって少しでも早く転職活動したいわよ」
「ここにあるのは、君を除く社員全員の退職届だけだ。でも、役員の4人の辞表はない。こんな時に、彼らは一体何をしてるんだ……」
　晋二の言葉が終わるか終わらないうちに、フロアへ1人の男が入ってきた。市川である。
「市川さん、いいところに。大変なことになってしまって……」
　晋二が続けようとするのを、市川は済まなさそうに手で制した。
「あの……社外の人間である私がこんなことをするのは、本来筋違いなんです

が、スクルドソフトの会計の面倒だけでなく、経営コンサルタントとして役員会議にも参加させていただいてた行きがかり上……」
　鞄から取り出した４通の封筒を、市川は黙って晋二に手渡した。
　４通とも『辞職届』とある。
「まさか、これって……」
「ええ、関専務、別府常務、八塚、大石両取締役の辞職届です」
「そんな！　別府さん、八塚さん、大石さんまで……。でも、関さんに今辞められちゃ、会社を建て直すことが不可能に。俺、今から関さんの家に行きます。行って、考え直してもらいます」
「それはもう無理です……たぶん」
「どうして？」
「関さんは、開発スタッフ全員を引き連れて、エンターマックスに移籍するそうです。ずっと以前から声が掛かってたらしく、部下たち全員を引き取ってくれるなら移るという条件を先週末に出したところ、相手からすぐに了承がもらえたようで。エンターマックスがヒットさせているアドベンチャーゲーム『ゾンビハザード』のスピンオフ版を作るための新規開発ラインとしての仕事も決まったみたいですよ。関さんは、もう今日からエンターマックスに出社するようなことを言っておられました」
「まさか……あとの役員もみんなエンターマックスに？」
「いいえ。どなたも次の行き先はまだ決まってないようですが、関さんから進退について八塚さんと大石さんには日曜に連絡があったらしく、それを別府さんも２人から聞いて知り……もうこの会社の先行きは見えたということで……昨日の夜、皆さん私のところに辞表を持ってこられて」
「何で俺に直接渡してもくれずに……」
「それは」万裕美が口を挟んだ。「あんたに面と向かってそんなもん渡したら、必死に慰留されるのわかってるからでしょ」
「あの……それと非常に言いにくいのですが……」市川がおずおずと晋二を上目遣いで見た。「私も御社のお仕事をさせていただくのは、今日を最後にさせていただければ……」
「何言ってんですか！　そもそも、会社の窮状を懇々と訴えて、俺を引っ張って

きたのはあなたでしょ！」
「はい、それを言われると、弁解の余地はないのですが……」
「辞めたい人、関わり合いを持ちたくない人は、どんどん去っていけばいいじゃない」万裕美が語気を強めた。
「無責任なこと言うなよ」晋二はつい怒鳴り返した。
「市川さんだって、何もボランティアでいろいろやってるんじゃないのよ。この状況じゃ、会社からまともなフィー（報酬）をもらえるかどうかもわかんないんだもん。会計や監査のフィーは決算期の後でいいかもしれないけど、確か経営コンサルティングとしての顧問料は毎月発生してるんじゃ……」
「ええ、高杉さんのおっしゃる通りですが、実はここ半年以上、毎月の顧問料は振り込まれておりません……いや、それをどうこうというのではなく、会社の窮状は承知していますから、そのお金はいつでも構わないんです。でも、会社がこのような状態になってしまえば、もう私の出る幕は……」
　市川の言葉を聞いて、晋二は思わずカッとなった自分を反省した。そして、少し冷静になり、気付いた。ここにいる市川はもちろん、関や役員たち、辞表を置いていった社員たち、誰一人悪くない、ということに。
「今日までの収支や、取引金融機関との交渉内容などについて、わからないことがあれば、いつでもおっしゃってください。と言いますか……余計なお世話とも思いますが、もう社長お一人になってしまった以上、この会社は立ち行かないでしょうし、続ける意味もないのでは……」
　晋二は、返す言葉もなくうつむいている。
　市川はゆっくりと頭を下げ、静かに部屋から出て行った。
「ふふふ……」晋二の口元から微かな笑い声が漏れ、やがて、その声はどんどん大きくなっていった。「ハハハ……ハハハハ！　何だろうなこれって。上った梯子は外されて、周りをみたら俺１人だって……滑稽すぎて、笑っちゃうよな。ハハハ……」
　自らを嘲るような笑いを次第に消し、悔しそうに唇をかむ晋二を、万裕美は痛ましそうにじっと見つめている。
「君の……」しばらくしてから、晋二はようやく口を切った。「アイデアを元に実現させようとしたプロジェクトも、これで儚くも一巻の終わりだ。君にはいろ

いろ教えてもらったし、昨日は無理も言ったけど……力足らずでごめん。今日で全てが、ジ・エンドだ。退職届、郵送でいいから後で送ってよね」
「あんたは、これからどうするの？」
「倒産手続きしてくれる弁護士探して、メインバンクと交渉して、借金の後始末。このビルと兄貴が住んでた神楽坂の実家は担保に入ってるから、備品やら家具やらも整理しなくちゃいけないし……俺の身の振り方を考えるのは、それが一段落してからだな」
「そんなんでいいの？」
「えっ？」
「お兄さんの会社潰して……あんたがこの会社でやろうとしてたことも簡単に葬り去って」
「そんなこと言ったって、１人で何ができるんだよ。ゲーム業界についても、まだまだ右も左もわからない素人みたいな俺が、たった１人でさ」
「１人じゃない……あたしも手伝うって言ったら？」
「ええっ？　いや、それはありがたいけど……でもそれだって、たった２人でこの最悪の状況をどう打開できるんだよ？」
「……ちょっと考えたんだけど、毎月何千万円もの人件費がかかる社員がいなくなったのは、逆にラッキーだったって考え直してみない？」
「ラッキーだって？」
「だって、経営が傾いた企業が最初に行う再建策は、固定費の削減。つまり、リストラじゃない。今、スクルドソフトは固定費を大幅に、というか劇的にカットできた。次に、再建計画、つまり、消費者のニーズをとらえることができる斬新なゲームソフトの開発プランを金融機関に認めさせられるなら、新規融資の可能性もあるんでしょ？」
「ああ、でも開発はどうするの？　開発スタッフ全員が辞めちゃったんだぜ」
「それこそ、アウトソーシングよ。実力のある、フリーのクリエイターか、小回りの利きそうな、小規模デベロッパーを探すの。きちんとした開発業者なんかに発注したら制作費をどれだけ要求されるかわかんないけど、個人でやってるクリエイターや小さな会社なら、こちらが必要な人数だけキープして管理できるし、費用もずっと引き下げられるはず」

「そんなことホントにできるのかなぁ……」
「あんたにやる気と……夢があるなら」
　可能性が見出せるのなら、やる気どころか、ぶつかって砕け散ってでもやってやるというほどの馬力が、晋二の体の中からふつふつと湧き上がっていた。しかし夢は？　……自分にとっての夢とは何なのか。晋二はこれまで意識的に考えてこなかった夢について、自らに問いかけた。
　新聞社を退職し、スクルドソフトの経営を引き継いだ時、胸の中にあったのは会社を建て直さなければならない、という義務感のようなものだった。
　でも今、自分を突き動かそうとしているものは、それとは少し異なるような気がする。幕張のゲーム大会で目にした親子の姿、子供たちの笑顔……。あの光景を見てから、それまで考えもしなかった思いが生まれていた。家族を結びつける、家族を笑顔にするゲームを、自分も作りたい、世に出したい……と。
　そしてそれこそが、万裕美の尋ねている"夢"そのものなのだ。
「俺にも……ある。夢が。君が語ってくれたようなゲームを形にするには、まず何をしたらいい？」
　万裕美が、ゆっくりと微笑みをこぼした。「なら……まずは作戦会議よ！」

◆

　神楽坂は、週明けのこの日も人で混雑している。毘沙門天で知られる善国寺のすぐ近くにある和風カフェに、晋二と万裕美はいた。
　人がいなくなったスクルドソフトのオフィスや、静まりかえった図書館のように、雑音が全くない環境だとかえって集中できないし頭も働かない、という万裕美の主張を聞いて、若い女性に人気のこの場所にいる。
「プレイヤーが他の人間とコミュニケーションできるゲームってことは、『ミニモン』みたいに通信機能が付いた携帯型ゲーム機向けに作るべきなんだろうか」
　晋二は、店内に持ち込んだノートパソコンの電源を入れた。
「ううん、必ずしもそうは思わない。あたしね、携帯型ゲーム機って、結局１人プレイの域を脱しないような気がするの」
「ええっ？　でも、１対１でちゃんと対戦だってできるし、昨日のイベントだっ

て親子のコミュニケーションは立派に成立してたじゃないか」
「携帯型ゲーム機の対戦って、プレイヤーがそれぞれ自分のゲーム画面を見てプレイする訳じゃない。そういうスタイルは、相手が人間だろうと、コンピュータだろうと、変わらないでしょ。つまり、通信対戦ってゲーム画面がコミュニケーションの相手なのよ。スマホやケータイのソーシャルゲームもそう。パソコンで遊ぶオンラインゲームは、コミュニケーションゲームだって言うけど、そこで交わされるチャットだって、あたしが考えてるコミュニケーションとは全然違う」
そこまで言ってから、万裕美は抹茶ラテに口を付けた。
「すると、君が思い描くコミュニケーションゲームって？」
「一つの同じ画面を、同じ場所で複数のプレイヤーが見ながら、遊ぶゲーム。同じ画面を見てることでリアルタイムに交わされる会話、そこにはプレイヤー同士の間で笑いがあったり、驚きがあったり、物言いがあったり。例えば、トップを走ってた誰かが勝負に失敗してがっくり落ち込んだ姿を、他のみんなが見て大喜びしたり。そんなきめ細やかなコミュニケーションはソーシャルゲームやオンラインゲームじゃできないし、携帯型ゲーム機の通信対戦だって限界があると思う」
　万裕美の言うことは、晋二にも何となくわかる気がする。肩を並べ、一つの同じ画面を見てるからこそ生まれる会話、リアクションだってある。一緒にプレイしている相手と、きちんと意思が疎通し、心や気持ちが通い合う……そんなゲームが実際にあれば、素晴らしいことだ。晋二は心底そう思った。
「となると、テレビを使った据置型のゲーム機か。国内の主要な据置ハードは、サンライズ・コンピュータのゲームランド４（ＧＬ４）、宝善堂のウー・ユー（ＷＯＯ・ＹＯＵ）、メガロポリスソフトのホワイトケース６００（６００）」
「それって、どれも各ハードメーカーの最新機種でしょ。どれもまだ日本で普及しきってないから、一世代前の機種がいいわ」
　万裕美が言うように、ＧＬ４は８か月前、６００が半年前に発売されたばかり。ＷＯＯ・ＹＯＵだけが発売から１年１０か月経過しているものの、国内の販売台数はやっと200万台を超えたところだった。それに比べて、これらの一世代前の機種は、ゲームランド３（ＧＬ３）が900万台、ウー（ＷＯＯ）が1,300万台、ホワイトケース３００（３００）が160万台と大きな差がある。
「普及の具合から考えたら、初代のＷＯＯが一番適してるのかな」

「それだけじゃないわ。サンライズ・コンピュータのゲームランドシリーズは、ＧＬ２の時にＤＶＤ再生機能を備えたことで爆発的にヒットして、国内だけで2,000万台以上を売り上げた。日本の世帯数は５千万ちょっとだから、２世帯か３世帯に１台の割合で家庭にある、国民的家電みたいな存在になったの。今から思えば、この時が家庭用ゲーム機の全盛期だったのよね。ＧＬ２用のゲームソフトもたくさん売れたし……。でも、新規参入メーカーが増え、既存のメーカーがますます多くのゲームを作るようになると、市場は供給過多になって、やがては粗製濫造が起こっちゃった。後継機のＧＬ３はブルーレイディスクの再生機能を加えて２匹目のドジョウを狙ったけど、ブルーレイディスクの普及が進まないことも影響して、売上は伸び悩み、流行に敏感な若い世代か生粋のゲームファンにしか支持されなかった。だから、最新のＧＬ４もどこまで挽回できるか……」

「アメリカ製のホワイトケースシリーズは、さらにマニアックなゲームファンにしか日本では評価されなかったんだよね。それらとは対照的に、ＷＯＯのユーザーはファミリー層が多い」

「誰でも簡単に遊べるスポーツゲーム『ＷＯＯスポーツ』や、幅広い世代からずっと愛されてる人気アクションシリーズ『スーパーマスタッシュブラザーズ』の最新作に宝善堂が力を入れたこともあるけど、中でも別売りの板状コントローラで体重を量れて、健康も管理できるゲームソフト『ＷＯＯ・ヘルシー』はファミリー層と女性層を相当呼び込んでる。ユーザー層の偏りがないことからも、ＷＯＯ向けに作るのが一番いいと思う」

「そっか、それに最新のハードだと、どんどん技術が高度になってるから、開発にかかる時間も伸びるし、費用も高くなるよな」

「ＧＬ４や６００で、すっごく奇麗な凝ったグラフィックにするなら、１億や２億じゃきかないわね。ＧＬ３や３００に落としたって、そんなに大きくは変わらないんじゃないかしら。それに比べて、ＷＯＯはＣＰＵの性能が１段下回る分、クリエイターにとっては作りやすいはず。開発費だって、もっと抑えられるわよ」

「よし、じゃあ、対応ハードは、ＷＯＯで決まりだ！　ジャンルはアクション？　シューティング？　ロープレやアドベンチャーは開発にかなり時間がかかりそうだし、ハードル高いよね？」

「あたし……」万裕美は一呼吸置いてから、決然たる瞳を晋二に向けた。「ボー

ドゲームで挑戦したい」
「ボードゲーム?」晋二は、思わず拍子抜けしたような声をあげた。
　家庭用ゲームで人気のあるジャンルといえば、ロールプレイングゲームとアクションゲームが双璧といえる。大ヒットタイトルの中には、サッカーや野球などを題材に取ったスポーツゲーム、ホラーやサスペンスを扱ったアドベンチャーゲーム、戦争や恋愛をテーマにしたシミュレーションゲームもあるが、ボードゲームで最近人気や話題になったというタイトルの名前は、晋二の頭の中にもすぐに出てこない。
　ボードゲームとは、その名の通り、将棋、麻雀、オセロなどのように本来は盤上、卓上で行われていた既存の遊びをコンピュータゲーム化したものである。1人プレイの場合、対戦相手はコンピュータだが、複数のプレイヤーが同時に遊べる2人プレイや4人プレイの機能を備えていることが多い。
　しかし、それにしてもマイナー過ぎるジャンルだ。晋二が即座にパソコンで調べると、ゲーム業界団体がネットにアップしているソフトの年間販売本数のジャンル別構成比は、ここ数年わずか1パーセント前後しかない。
「いくら何でもボードゲームなんて、人気がなさ過ぎるじゃないか……」
　晋二がさらにネットで調べると、そこそこ売れたと見られるのは、20年以上続いたシリーズもので、5年前にＷＯＯ用で発売された「お買い物ハイウェイ２０」くらいだ。マップとなった日本全国を高速道路で巡り、各地の物件を購入して総資産を競うすごろくタイプで、販売本数は約30万本。家庭用ゲームがどんどん売れなくなり、ミリオンセラーを目標としなければならない人気シリーズや、相当長い年月をかけて開発した大作でない限り、1万本以上売れればまずまずのヒットとさえ判断されるような状況下で、この数字は大健闘といえる。
　それ以外のタイトルになると、人気ロールプレイングゲームの登場キャラクターをコマとして動かし、サイコロで盤上のマスを周回しながら物件などを買い、目標とする総資産達成を目指す「ごちそうさまストリート」シリーズ。アメリカ生まれで、半世紀の歴史があるすごろくタイプの盤ゲームをコンピュータゲーム化したソフトで、ルーレットを回して人生の筋道を進みながらゴールを目指す「マイウェイゲーム」シリーズ。この2つが数万本から10万本程度。これらのシリーズはここ数年家庭用の新作が発売されておらず、その他のタイトルに

なると軒並み1万本を下回っている。

「前にも言ったでしょ。このタイプのゲームが売れないのは、適正な宣伝をしてこなかったから」

「CMと、ゲーム専門誌だけに頼った宣伝か……」

「そう。しかも、話題作りになって、テレビのバラエティ番組とかでも紹介してもらえることを目論んで、有名タレントを起用したりするからどんどん経費がかさんでいく。でも、そんなイメージ戦略だけじゃ、消費者はもう動かない。大抵のボードゲームは、他のジャンルと比べてゲームシステムが簡単で、誰でもすぐにプレイできるのが最大のウリと言ってもいいから、幅広い世代をターゲットにできるのに、ゲーム専門誌の読者は若い男の子ばっかりで、コアユーザー（固定客）の目にしか届かないから、当然売上だって伸びない。それと、要因はもう一つ。多くのメーカーがユーザー目線に立ってなかったからよ」

「ユーザー目線に立ってないって？」

「失敗してるボードゲームは、大抵操作が複雑なの。コントローラーにはたくさんのボタンが付いてるでしょ。それらを全部使わないとうまく進められないようなゲームは、例外なく売れなかった。『ごちそうさまストリート』は、元々人気ロープレの『ドラゴンアドベンチャー』ファン向けに同じような世界観で作られたゲームだから、内容がちょっとマニアック。『マイウェイゲーム』は、進めていくとプレイヤーが強制的にアクションミニゲームをやらなきゃいけないようなイベントを発生させてた。アクションゲームは得意な人にはいいけど、不得手な人にとっては全くできないジャンルなのよ。特にお年寄りとか女性はね。幅広い層を対象とするゲームにそんな要素を入れると、マイナスにしか作用しないわ。でも、どっちのゲームも、メーカーは"国民的なゲーム"をキャッチフレーズにして大がかりな宣伝をやってた。それにだまされて買ってはみたものの、結局家族みんなでは遊べないゲームだってことがわかって、がっかりしたユーザーは少なくないと思う」

「なるほど……。『お買い物ハイウェイ』シリーズは、どうして最近新作を出さなくなったんだろう。唯一の成功例と言ってもいいのに」

「日本で家庭用ゲーム機が普及、定着し始めた頃に生まれたシリーズで、一時は100万本を毎回超えてたわ。でも、10年ほど前から売上本数はどんどん低下し

ていって、メーカーとしてはそれが納得できなかったのよね。『２０』の翌年に、これが売れなかったらシリーズは打ち切る、っていう姿勢で臨んだのが、ホーゼンドー３Ｄの前世代機種・ホーゼンドーＤ向けの『お買い物ハイウェイＤ』。これが、ふたを開けてみると１０万本にも届かなかった。この時はすごく気合い入れてＣＭを作ってたから、経費もバカにならなかったでしょうね。社内事情はそれ以上わからないけど、あそこのメーカーは株価の変動にすごく敏感だから、大して売れないゲームを出し続けるのは株価にも響くってことで開発中止にしたんじゃないかな。これはあたしの個人的な見方だけど、シリーズのファンですら、携帯型ゲーム機だと、同じテレビ画面を見ながらみんなで遊ぶ据置型でのプレイ感覚を得られないことに拒否反応を示した結果なんじゃないかしら？」

「なら、徹底してファミリー向けにこだわり、これまでメーカーが踏襲してきた宣伝方法を採らず、新しいＰＲのやり方さえ見出せば、ボードゲームでももっと売れるってことか」

「それで考えたんだけど……日本の過去のいろんな時代を体験できるすごろくなんて、どう思う？　平安時代とか、戦国時代とか」

「君、そんな分野も詳しいの？」

「大学時代のサークルは、日本史研究会。まあ、これでも"歴女"の端くれよ」

「へえ〜〜〜〜、君がねぇ。意外だなぁ」

「どういう意味よ？　まあそれは置いといて、見てほしい物があるの」万裕美は、携えていたリュックサックからＡ４判の書類を取り出した。パソコンでプリントアウトした十数枚の紙が、ホッチキスで綴じられている。

『ＷＯＯ専用ゲームソフト　歴史探検すごろく（仮）　仕様書案』

　表紙に印刷された文字を見て、晋二は驚いて思わず万裕美の顔をまじまじと見た。

「仕様書……って、そんな物までもう作ってくれたの？」

　仕様書とは、開発関係者による会議で採用されたゲームソフトの企画について、それを作るためにどんなグラフィックや音楽が必要で、ゲーム画面がどんなデザインとなり、作業をどのように進めていくかなどを記した設計図のようなものだ。仕様書が完成すれば、それを元にメインプログラム、原画、音楽、シナリオなどの作成が同時に行われ、それぞれのデータを組み合わせてゲームの形にし

ていく。

「いや、仕様書って言っても、企画書に毛が生えたくらいのレベルなんだけど。でもこれ、あたしが専門学校に通ってた頃から暖めてきた企画なんだ。昨日家に帰ってから、これまでパソコンに書きためてきたアイデアや集めた資料をまとめて、ゲームの全体像がわかるように、徹夜して作ってみた。感想を聞かせてほしい」

　万裕美の真剣な眼差しに気圧されつつ、晋二はその場で書類に目を通した。

◆

　晋二は１人、京都へ向かう新幹線の車内にいる。

　宝善堂の家庭用ゲーム機向けにゲームソフトを作る場合、開発に入る前に同社の事前審査で了承を得なければならない。

　これも、かつてアメリカのワタリ社がゲームソフトの粗製濫造と供給過剰によって引き起こした"ワタリ・ショック"を教訓に、粗悪なゲームが世に出ないようにするため宝善堂が独自に取り決めたシステムの一つだ。ゲームソフトメーカーが持ち込む新作の企画が、この事前審査の段階で却下されるのは茶飯事だと言われている。

　万裕美は、いつでもクリエイターを動かせるよう、さらに具体的な仕様書を完成させるため東京に残った。

　宝善堂の本社は、京都市内にある。

ＪＲ京都駅からタクシーで南へ10分。7階建ての本社ビルに着いた晋二は、2階の応接室に通された。応対に出たのは、開発本部長であり、専務取締役の小川敦と、開発本部次長の市ノ瀬裕である。
「お兄さんはまだ若かったのに、残念なことです。おたくとは、うちが最初に出したゲーム機・カセットコンピュータ以来のお付き合いでしたさかいな」
　心底そう思ってくれているのだろう。感慨深げに語る小川は、宝善堂で最初のゲームデザイナーとして日本の家庭用ゲーム揺籃期を牽引してきた人物だ。年齢は、とっくに還暦を過ぎているように見える。30代や40代、場合によっては20代の若い経営者、役員が目立つゲーム業界にあって、宝善堂は他業種の大手メーカーなどと同様に比較的高齢の役員が大半を占めている。長年ゲーム業界に君臨し続けているいくつかの主要ゲームメーカーでさえせいぜい20年、30年程度の歴史しかないのだからそれも当然だが、宝善堂は元々江戸時代から続く羽子板、コマなど玩具製造の老舗だったことも少しは関係しているのかもしれない。
　実務の責任者である市ノ瀬は、40代前半。眼光は鋭く"切れ者"といった印象を受ける。名刺交換をして席に着いてから、しみじみと思い出話を語る小川の横で、市ノ瀬は眉一つ動かさず無表情に聞いている。
「それよりもまず、『パラドックスストーリー3』の発売を、この段階で延期せざるを得なくなったことについて、お詫び申し上げます。どうしても改良しなければならないシステム上の重大な問題点が見つかり、解決には相当の日数を要します。御社公式サイトの発売スケジュールには、かなり前からこのタイトルを出していただいていたのに、ご迷惑をおかけしてしまい……」
　晋二が口にした発売延期という言い訳は、万裕美の入れ知恵だった。開発途中において、ゲームのシステムに致命的な欠陥が見つかった場合や、流通各社に探りを入れて目標とする売上が到底見込めないような場合、その時々の社会情勢から世間の批判を浴びると判断されるような場合……例え発売日が迫っていたとしてもゲームメーカーは発売や開発の中止を決めることがある。
　社会情勢が影響するというのは、例えば、国内で大型フェリーが沈没して多数の犠牲者が出てしまい、船体の引き上げや原因究明が進まず社会問題化している時に、たまたま、沈没するフェリーからの救出劇をテーマにしたアドベンチャーゲームの発売日が重なっていて、遺族の感情を考慮すると出したくても出せない

ケースだ。極めて稀ではあるが、ゲーム産業のように比較的浅い歴史の中にあっても、似たような理由で販売が中止、無期延期されたゲームソフトの事例は国内でも実際にいくつか存在する。

この際、まともに「開発中止」などと発表してしまえば、それまでにかかっている莫大な開発費は回収されないことが確定する。上場企業の場合は株価に悪影響を及ぼす可能性があり、非上場企業でも信用が傷付き、あらぬ憶測を呼んで不測の事態を引き起こしかねない。このため、発売はしないと決定していても、対外的には「発売延期」として、そのままほとぼりが冷めるのを待つのは、ゲームメーカーの常套手段でもあった。

この決断を下すと同時に、晋二は宣伝担当だった沖野が発注していたポスターなど店頭販促物の印刷をストップさせ、発売月に入れる予定だった「週刊ゲームレビュー」への広告、民放の深夜テレビ枠へのＣＭも全てキャンセルし、『パラドックスストーリー３』関連の支出をできうる限り止めた。

「発売２か月前に延期とは、全く不細工な話ですな。サードパーティー（ライセンシー、認可・許諾を受けた人）のソフトの宣伝については、基本それぞれのメーカーさんにお願いをしていますが、今回は時期も時期ですから、ホーゼンドー３Ｄの年末年始キャンペーンの中に弊社のソフトだけでなく、御社の『パラドックスストーリー３』も入れて作業を進めていたんですよ。ほとんどできあがってたポスター、カタログ、チラシ、ポップ、その他販促物のレイアウトも、修正しなくちゃいけない。ソフトの製造工場の段取りだって、おたくのために空けてたんだ。それをこんな土壇場で……」

市ノ瀬が、突き刺すような視線を晋二に向けた。

「本当に何とお詫びすればよいか……申し訳ございません」

「それに、発売延期とは言うけれど、将来的に出すつもり本当にあるんですか？」

「それは、もちろん……」

「あるのなら、どの程度の延期なんです？ いつ頃の発売を目指すんですか？」

「あの……」

「どうせこのまま、うやむやのうちに発売も取りやめるつもりなんでしょ？ うちの営業からあがってきた情報ですが、流通からの受注本数、かつてこの業界で見たこともないような数字だったそうじゃないですか」

市ノ瀬が、意地悪い目つきで片側の頬を緩めた。
　晋二は、何一つ反論できない。
「市ノ瀬君、もうそのくらいにしといたらどうや？　メーカーには、メーカーの事情がある。それは、うちも同じやないか」
　小川の助け船に、市ノ瀬は「それはそうですが……」と不満そうにしつつも従った。
「で」小川が一息ついてから身を乗り出した。「今日わざわざ東京からお越しになったんは、新作ソフトについてのお話でしたな」
　小川は好意的に話を聞いてくれようとしている。晋二は、気を取り直した。
「はい、仕様書のまだ手前の段階の書類ですが、仕様書案として提出させていただきました。プレイヤー同士のコミュニケーションに重きを置いた、すごろくタイプのボードゲームです」
「歴史探検すごろく、ですか？」
　神楽坂のカフェで万裕美が説明したのと同じように、今度は晋二が説明役となってゲームの中身について話す。
　市ノ瀬は２人の前に置かれた仕様書案を早速手に取り、視線を走らせている。
「マップやマップ上で動くコマなどはイラスト調の３Ｄ、随時挿入されるイベントやアニメーション類は全て２Ｄ（平面）で描きます。マップがカバーするのは、日本全土。マップ内には、東海道や中山道などをイメージした昔の"街道"が網の目のように走っています。マスの一つ一つは街道上の宿場町や城下町になっていて、プレイヤーが動かすコマはその上を自由に移動できます。海は、船での移動です。コンピュータ相手の１人プレイだけでなく、４人までの同時対戦が可能。可能というより、このゲームは対戦プレイこそが、メインモードであると考えています。ステージは、平安時代、鎌倉時代、戦国時代、江戸時代の４種類。各ステージでは、全国のどこかの場所が目的地としてランダムに決まり、時代によって京や江戸がスタート地点になります。目的地を目指すにあたっては、その時代背景に応じた目的が設定されます。品物を届けるためとか、特産品を手に入れるためとか、プレイヤーはそれらのストーリーを追いながら目的地に向かうんです。サイコロを振って街道を"歩いて"進み、ゴールしたプレイヤーには報奨金や特産品、各時代にマッチした宝物が与えられます。長時間プレイする場合は、

オプションの選択によって、また新たな目的地が決まり、プレイヤーはそこへ向かって進むのですが、ゲームの途中にはその時代で実際にあった様々な出来事が発生し、歴史上の人物たちも登場して、プレイヤーを有利にしたり不利にしたり、持ち金を増やしたり減らしたりします」

　小川が時折微笑を漏らしながら聞いているのとは対照的に、市ノ瀬は冷淡な、厳しい目つきで書類のページをめくっている。

「マップの中には、ゲームにいろんな影響を及ぼすバラエティ豊かな"忍びの巻物"を得られるマスがあり、他のプレイヤーの妨害や、自身のコマの強化など、最下位のプレイヤーが逆転できる要素も入れ込みます。巻物の中には、サイコロが２つになって駕籠（かご）を使えるようになったり、サイコロが３つになって馬に乗れるようになったりする、移動用の巻物も用意し、最終的に、一番多くの所持金を獲得したプレイヤーが優勝です。宝物と特産品の価値は現金に換算されて計算されますが、その種類によっては金額に大きな差があって、誰が優勝するのかは最後までなかなか判別できないようにします。このゲームのコンセプトは、プレイヤー同士のコミュニケーションを育むことではありますが、プレイを通じて日本という国の形、土地の気候風土によって変わる特産品、ちょっとした日本史の知識が知らず知らずのうちに頭の中に入っていくようにも工夫しています」

「つまり……遊びの中に"学び"も入れるということか」小川が穏やかに言った。

「はい、そうです。丁度今は、日本の歴史教育に関する議論が活発な時でもありますが、人によっては思想に隔たりが出てくる明治以降の近代は除き、豊富な一級資料のお陰で科学的な裏付けが取れる平安時代以降を４つに区分して、プレイしながら歴史、地理、文化が学べるようなゲームにしたいんです。ただし、堅苦しい雰囲気にならないよう、グラフィックや音楽はあくまでも軽快に、コミカルに、表示されるテキストもわかりやすいだけでなく、時には頬が緩むようなユーモアを効かせます」

　この部分は、カフェミーティングで晋二がアイデアを出し、万裕美が書類に付け加えた内容だ。

「うむ、どうかな、市ノ瀬君」

　小川から水を向けられた市ノ瀬は、ゆっくりと顔を上げた。「ネットには、ど

う対応するんですか？」
「ネットですか……」ここは晋二にとって、あまり突いてもらいたくない点だ。
「コミュニケーション重視のゲームをうたっておいて、ネット対応が具体的に記されてないなんておかしすぎるでしょ。日本どころか、世界中の人たちとプレイできるようにしてこそのコミュニケーションゲームじゃないんですか？」
「……」
　詰問口調の市ノ瀬に対し、晋二は一瞬言葉が詰まったが、万裕美と一緒になって固めたゲームコンセプトを落ち着いて頭の中で整理してから語気を強めた。
「スクルドソフトが考えるコミュニケーションとは、そういうのじゃありません」
「はあ？」市ノ瀬が首を傾げる。
「いくらネットにつながっていても、周りに誰もいなくて、１人だけでゲームをしてるのなら、それは１人プレイの延長です。我々が想定しているのは、身近な人たちとのコミュニケーションなんですよ。家族であったり、友達であったり、すぐ側にいる人と一緒にコントローラーを握り、同じ画面を見つめ、同じタイミングで笑い、驚き、時には冗談を言い合ったり、相手を囃し立てたり……。リアルタイムでいろんな感情を発し、共有するのが本来のコミュニケーションじゃないでしょうか？　その媒介になるようなゲームを、我々は作りたいんです。家族の中に例え小学生低学年の子がいようと、お年寄りがいようと、誰もが気軽に参加でき、しかも有利不利なく公平に勝負できるゲームに。だからこそ、このゲームの中には個人差の出るアクション性を取り入れてませんし、歴史の知識があるからといって有利になるシステムにもなっていません。コントローラーは、決定用のＡボタン、キャンセル用のＢボタン、移動と選択用の十字ボタンのみしか使いません。そしてこのゲームを、一般的なＷＯＯ用ソフトの定価としてはかなり抑えた2,900円・税別で販売します」
　晋二は一気にまくし立てた。新聞記者を経験して、一番身についたのはくそ度胸だ。記者は名刺一枚あれば、大臣だろうと時の人であろうと誰にでも会える。そして臆することなく、相手の本音を聞き出さなければならない。そんな訓練を積むうちに、晋二は相手が誰であろうと言いたいこと、言わなければならないことははっきり言葉にするようになった。ただ、この業界に転身してからは、環境があまりにも異なり、勝手の違うことばかり起こったせいか、萎縮気味のきらい

があったのだが。

　その間のモヤモヤや鬱屈が、一気に晴れたような思いもした。

　2,900円という価格設定も、それほど無茶なラインではない。そもそもゲームソフトの制作原価は、人件費が大半を占め、それに広告宣伝費と製造委託費が加算される。製造委託費の1枚・800円は動かしようがないが、人件費と広告宣伝費は圧縮すればするほどメーカーの利益が増える仕組みになっている。ソフトに同梱する取扱説明書は、操作がごく簡単なので通常の冊子を作る必要はなく、1枚単体の安価な印刷費で事足りる。広告宣伝費はどうにか手弁当でしのぐとして、外注する制作スタッフに支払うフィーをどれくらいまで抑えられるかが今後の大きな課題になるだろう。

　しかし、市ノ瀬の難しそうな表情は変わらない。
「コンセプトはご立派です。その点は納得しました。しかも、２Ｄを多用して、手軽に作りやすくしてある」皮肉を込める市ノ瀬が、やがて晋二をじろりと見た。
「……ならばこのソフト、弊社の最新ハードであるＷＯＯ・ＹＯＵ向けに作ってくださいよ」
「えっ？　ＷＯＯ・ＹＯＵ向けですか？」
「そうです。弊社では現在新規に据置型ゲーム機用のソフトを出していただくサードパーティーさんには、全てＷＯＯ・ＹＯＵ向け仕様としてもらうよう、お願いしています。ＷＯＯは私たちから見れば、もう古い機種。新しいＷＯＯ・ＹＯＵをもっと普及させるためにも、この点は是非とも協力していただかなければなりません」そういって、市ノ瀬はニヤリと笑った。「そういえば、御社はまだＷＯＯ・ＹＯＵの開発キットをご購入いただいてませんでしたな。この機会に、是非どうぞ。何セットでも、すぐにご用意しますから」

　それは無理な話だ。今残っている銀行口座の残額は、役員と有給休暇を消化している社員たちへの最後の給料を支払えば、すっからかんになる。もちろん晋二自身の報酬はゼロとしての話だ。メインバンクから新規でどれほどの金額を融資してもらえるのか見当も付かず、それ以前に融資が可なのか不可なのかもわからない現状で、1セット100万円以上はするであろう開発ツールを何台もそろえる余裕などは当然ない。

　小川は目を閉じ、じっと腕組みをしている。

「WOO・YOUでの開発は念頭に置いてません。ここはどうか、WOOでの開発を承認していただけないでしょうか？」

「そんな例外は認められませんよ」市ノ瀬は冷たく言い放った。「それに例えWOOで開発していただくことになったとしても、御社でそれができるんですか？ 聞くところによれば、開発責任者の関専務を初め、開発スタッフの全員がエンターマックスさんに移られたようですが」

「そ、そんなことまでご存じなんですか……」

「この業界は狭いですからなぁ」

完全に見透かされている。会った時からのどこか冷ややかな態度も、スクルドソフトの内情を知ってのことだろう。しかし、開発を発注するフリーのクリエイターについては、万裕美にも当てがあるようだった。

「開発は外部スタッフに任せます。ただし、ディレクションやプランニングについては、我々主導で行います」

「簡単におっしゃいますが……まあ、いずれにせよ、WOO・YOU用に作っていただけないようなら、このお話はなかったことに」

市ノ瀬の隣の小川は、腕組みをしたまま一言も発しない。

ここで簡単に引き下がる訳にはいかなかった。引き下がった時点で、スクルドソフトは消滅するのだ。晋二は体をかがめ、額がテーブルに付くほど低頭した。

「宝善堂さんが、家族みんなで遊べるゲームの開発にも力を入れ、いくつものヒット作を出し続けておられるのは重々承知しています。でも、サードパーティーでそんな志を持つメーカーがどれほどありますか？ ゲームをプレイする人間同士が、またそれをすぐ近くで見ている人たちが心を通い合わせることができるようなゲームを、作らせてください！」

晋二の大きな声が室内に響いた後、しばらくの沈黙が流れた。

「市ノ瀬君」小川が目を開け、ようやく口を開いた。「うちの会社とサードパーティーを含めて、現在開発中のWOO用ソフトが全て発売されるのは何か月後や？」

「そうですね……半年後にはもう新作は出なくなります」

「WOO・YOUの普及は、我々が当初予想していたスピードより、ずっと鈍い。今から半年経っても、国内の販売台数が1,000万台を上回っとるとは到底考えら

れん。良くて500万台、この調子のままやと300万台。つまり、ＷＯＯで遊んでいる家庭は、半年先もまだたくさんあるということや。もちろん新作タイトルはＷＯＯ・ＹＯＵにシフトさせていかなあかんが、わしらはＷＯＯのユーザーを疎かにしたり、見放したりするような態度もしてはならん。であれば、ＷＯＯユーザーのフォローを、スクルドソフトさんにお願いしたらどうや」

「ええっ？　……はあ……」市ノ瀬は結構長い時間考えていたが、ようやく不承不承といった態度で、晋二にこっくりと頭を縦に振った。「専務がそこまでおっしゃるのでしたら」

　事の意外な成り行きを、晋二は呆然としながら眺めている。

「おたくの言う通り、ネットで対戦できるようにせんでもよろしい。その代わりや」小川は神妙な面持ちで晋二に向き直った。「ＷＯＯ用の新作ソフトが途切れる半年後には、発売してもらえますか？」

「半年後ですか？」ネットでの通信対戦機能を加えなくて済むのはありがたいが、半年という期間はあまりにも短い。携帯型ゲーム機用ならいざしらず、据置型用なら最低でも１年くらいの開発期間が必要なはずだ。

「今から半年後やから、発売予定日は、来年の４月上旬。それが、うちからの条件やけど、どうしゃはる？」小川が重ねて尋ねた。

　ここで『できない』と答えれば、やはりそれまでである。本来なら一旦持ち帰って、万裕美と相談し、再び宝善堂を訪問したいところだが、多忙な小川のアポイントを次にいつ取れるかは全く不透明だ。何せ今回のアポは、晋二が直接宝善堂に電話をかけた際、たまたま予定に穴が開いたということで、その時間に急きょ入れてもらうという幸運に恵まれていた。通常なら、小川のスケジュールは１か月先まで埋まっている。スクルドソフトに、１か月も立ち止まっている余裕はない。晋二は腹をくくった。

「わかりました。やらせていただきます」

　それを聞いて、小川は破顔した。「よっしゃ、決まった。『歴史探検すごろく』、おたくがそこまで言う、コミュニケーションのためのゲーム、実際どんな代物になるんか、期待してまっせ」

　開発期間の短さは難題ではあるものの、普通であれば一蹴されるような提案にゴーサインを出してくれたのは、小川のスクルドソフトに対する好意からである

げえむの王様

ことはまず間違いない。晋二はもう一度、深く頭を下げた。
「全力を尽くします」
　小川はニッコリとうなずき、何かを思い出すかのように宙を見た。
「20年以上前……おたくのお兄さん、同じようなこと言わはったんや。プレイヤー同士の心が通い合うゲームを作りたい……てな。やっぱり兄弟やなぁ」
「兄貴がそんなことを……」
　晋二は胸の中に、熱い何かが湧き出てくるのを感じていた。
「ありがとう……ございます」小川に発せられた晋二の言葉は、同時に兄・晋一郎に向けられた感謝と決意の言葉でもあった。

◆

　東京にとんぼ返りした晋二がその日のうちに向かったのは、千代田区にある帝国信用金庫・城北支店だった。スクルドソフトのメインバンクであり、同支店の営業課長・樋田が3年前から担当になっている。
「ゲームメーカーさんとのお付き合いは、本店、支店を含めて、御社が唯一でして、私もゲーム業界のことはあまり詳しくありませんし、この仕様書に書かれているゲームソフトが完成したとして、一体どれほど売れるものなのかも今すぐには判断できません。本社にいる貸付審査専門の法規担当にも見せないと……」樋田は手にしていた仕様書案を、申し訳なさそうにテーブルへ置いた。
「こんなタイプの家庭用ゲームソフトは、ここ最近全く市場に出てないんです。市場にないということは、独占的に消費者のニーズを取り込める可能性もあるんですよ」
「そう言われても……市場にないってことは、ニーズそのものがないからじゃないんですか？」
「売れる見込みがある内容だからこそ、宝善堂も開発にゴーサインをくれたんじゃないですか。粗悪なソフトを流通させないために、新作の企画に対して厳しい審査を加えるあの宝善堂ですよ。しかも、最新機種ではなく、我々にとっては経費を低く抑えられる一世代前の機種で販売することを例外的に認めてくれたんです。それほどまでに、このゲームソフトは、宝善堂からも大きな期待をかけ

られているんです。弊社では、発売から1年かけて10万本以上、20万本程度の実売を見込んでいます」

 交渉ごとでは、多少のはったりもかまさなければならない。晋二は話を大きく膨らませたうえで、本題を切り出した。
「そこまで期待されている企画なのに、ご承知の通り、弊社の口座はもう底をつきかけてる。このゲームは、半年で完成させます。ですからあと半年間の運転資金として……5千万！　あと5千万の追加融資をお願いしたいんです！」
 まず、宝善堂に前金で支払うゲームソフト製造委託費。10万本以上売ると見得を切っているのだから、初回の製造本数も最低ロットだけでは済まない。
 宝善堂の場合、携帯型ゲーム機用ソフトの最低ロットは5千本だが、ＷＯＯやＷＯＯ・ＹＯＵといった据置型ゲーム機用ソフトについては2千本としている。ＷＯＯ用光ディスクの費用はパッケージ代も含めて1枚800円なので、2千本ならば160万円。5千本、いや1万本ほども製造しておかなければならないとしたら、その費用は……800万円ほどになるはずだ。
 ゲームソフトの製造委託費だけでこれだけの予算がかかる上、ゲームを作るには、最低でも十数人のクリエイターが必要となる。彼らを半年間動かす人件費、さらに宣伝費、販売促進費、その他の雑費を合わせれば、どうやりくりしても5千万円くらいにはなってしまう。
「あのですねえ」しかし、これには樋田も即座に反応した。「そんな金額の追加融資なんて、無理に決まってるでしょ」
「いや、でもその運転資金がないと……」
「来年3月の期末には、これまでお貸ししている1億8千万円を返済していただかないといけないんですよ？」樋田が、晋二の言葉を遮った。「その返済の目処も立たないのに、5千万円の追加融資なんて、あり得ません」
「ですから、このゲームがきちんと売れさえすれば、債務は即座に耳をそろえてお返しできるんです」
「ゲームの発売が半年後の4月としても、返済期限はその前の3月にやってくるんです。先にこれをどうにかしてもらわないと」
「ですけど、どうにもならないんですよ。実際どうにも……」
 新作ゲームの企画をなかなか評価してもらえず、新規融資どころか、借金の返

済を迫られ、晋二はもううな垂れるしかなかった。2人は無言のまま、しばらく身じろぎもしなかったが、やがて、樋田が大きく嘆息した。
「わかりました。リスケしましょう」
「リスケ？」　晋二には、すぐにその言葉の意味がわからなかった。
「債務の返済期限を延長する、リスケジュールです」
「そんなこと、可能なんですか？」
「金融円滑化法は、もう期限切れになりましたが、金融機関に対する"円滑化対応"は今も国から求められています」

　6年前、アメリカの投資銀行が破綻したことによって引き起こされた世界的な金融危機によって、日本の中小企業は資金難に陥ることが予想された。政府は、借金の返済に困る中小企業などから申し入れがあった場合、金融機関に金利を減免したり、返済期限を延ばしたりするよう求める異例の時限立法「中小企業金融円滑化法」を施行したが、この法律は前年3月に適用期限が切れて終了している。

　とはいえ、そのまま放置しておけば、終了後に中小企業の倒産ラッシュを迎える恐れがある。そこで金融庁は、この法律の終了後も金融機関は"円滑化対応"を継続すべきことを方針として示し、これを受けた全国の金融機関は現在も脈々と中小企業が抱える借金の返済期限延長などに応じ続けていた。

「ですから、この仕様書案を再建計画の根本材料と見て、リスケだけは応じさせていただきます。期限を1年間延長し、一括返済していただくということで。ただし、速やかに実抜計画、つまり"実現性の高い抜本的な経営改善計画書"を提出してもらわなければいけません。でも、うちができるのは、これが精一杯です。追加融資は諦めてください。そして、今の債務返済が猶予されている期間内に、どうか再建を果たしていただきたい」

　今のスクルドソフトは、債務の返済を猶予されることだけでも感謝しなければならないような立場であることを、晋二は思い知らされた。

　先立つ物もない状態で、果たして新作ゲームのプロジェクトをこのまま進められるのか……。暗たんたる思いが、晋二の胸の内を締め付けていた。

◆

「はあ？　6か月って、そんな短期間で、どうやって据置型ゲーム機のソフトを作れって言うのよ！」
　案の定、万裕美からはつっけんどんな反応が返ってきた。
　帝国信用金庫から帰途についた夜道、融資の件と、宝善堂でのミーティング結果とも合わせて、晋二は万裕美にスマホで一部始終を報告した。
「しょうがないじゃないか。ＷＯＯ用ソフトとしての開発にゴーサイン出してもらうだけでも、結構大変だったんだから」
「でも、新規融資の見込みは立たないんでしょ？　そんなんで、どうやってクリエイターを引っ張ってくればいいわけ？　しかも、たった半年で仕上げるには、余程優秀な人材に加わってもらわないと」
「何とかならないかな？　……目星つけてたフリーのクリエイター、何人かいるんだろ？　その中で協力してくれそうな、というか俺たちの窮状をわかってくれそうなというか」
「全く勝手なことばっか言って。みんな、ボランティアじゃないんだから！　半年なんて無茶なお願いしたら、前金だって要求されるだろうし……もう！」
　万裕美は半分キレかかっている。
　結局、翌日の朝から、万裕美がリストアップしたクリエイターたちのオフィスや自宅兼事務所を訪ねて回り、交渉してみることになった。
　まず確保しなければならないのは、メインとなってコンピュータプログラムを作成するプログラマーだ。
　フリーで活動しているゲーム関連クリエイターたちの連絡先は、ネットで検索すれば概ね把握できる。しかし、そこで公開されているのはイラストレーターやグラフィックデザイナーがほとんど。プログラマーは大抵どこかのゲームメーカーに所属しているか、専属契約を結んでおり、優秀な人材であればあるほど流出を防ぐために厚遇でもって抱え込まれている。
　しかも、万裕美は東京都内在住か在勤であることも、一緒に仕事をする条件にあげていた。遠隔地のクリエイターになると、電話、メール、インターネット電話サービスなどを利用してやり取りすることになるが、微妙なニュアンスが伝わりにくく、意思の疎通にも誤解や障害が起きやすいからだという。チーフプログラマーだけでも都内の人間であれば、いつでも行き来ができ、面と向かってコミュ

ニケーションを取り合える、と言うのだ。
　こんなところでも、画面越し、ネット越しではなく、側にいる者同士のコミュニケーションにこだわる万裕美の考え方は一貫していた。
　ただ、そうなってくると、しかもある程度の実力や実績がある候補者となれば、人材の選択肢はますます狭まってしまうだろう。結局、万裕美がネット情報以外に、ゲーム関連業界にいる友人知人の情報を通じて探し、ピックアップしたのは、都内にオフィスがある計８か所の会社、個人、団体だった。
　具体的には、たった一人でベテランプログラマーとして活動する傍ら、学業にも励んでいる大学院生……専門学校で家庭用ゲームソフト制作の技術を身に付け、卒業と同時に開発チームを結成した新進気鋭の５人組……比較的良心的なフィーで、一定レベル以上のゲームを作れると業界内で評価されている社員数人規模のデベロッパー……。
　事前に電話を入れ、担当者が捕まれば、すぐに直行。朝からＪＲと地下鉄を乗り継ぎ、夕方までに７か所を訪ねた。しかし、結果はどこも同じだった。
「ＷＯＯ用のゲームソフトを作りたい」という話まではみんな興味を持って聞いてくれるのだが、条件を口にした途端、けんもほろろというか、一蹴というか、いずれにせよ相手にしてもらえなかった。
「そりゃ、開発期間半年、あなた以外にまだプログラムや音楽、デザインに関わるスタッフも決まってません、でもって、主要な報酬は後払いで、流通からの売掛が入ってくる半年後以降……。怒んない人がいなかったのが不思議なくらいよ」
　７か所目の最寄りであるＪＲ日暮里駅の自販機前で、万裕美は買ったばかりの缶コーヒーを一気に飲み干した。２人とも、朝から何も食べていない。
「最後の人はどこにオフィスがあるの？」晋二は手に持つ緑茶のペットボトルに口も付けず、沈んだ声で万裕美に目をやった。
「人……っていうか、デベロッパーの部類に入るんだけどね」
「デベロッパーか……。さっき行った会社の社長、俺たちに笑いながら言ったよね。『そんな条件で引き受けるようなおめでたいデベロッパーがいれば、顔を見たい』って……。個人やそれに近い人たちなら、まだ万が一の可能性もあるだろうけど、しっかりした会社組織が、こんな条件受け入れてくれるはずがないよ。そもそも、そう言ったのは君だろ。……ああ～、今日丸１日、無駄足だったの

か……」晋二は、体中から力が抜けたようにしゃがみ込んだ。
「デベロッパーって言ってもね、社長がプログラマーも兼務してて、たった１人でやってる会社なのよ」
「ええっ？」晋二は、ひょいと顔を上げた。「それ、家庭用ゲームソフトも作れるデベロッパーなの？」
「そう」
「１人って、そんなこと可能なのかい？」
「ロンサムゲームスっていう会社。この業界ではちょっと有名なデベロッパーよ。社長の斎藤さんって、人並み外れたプログラミング技術を持ってるらしくて、"レジェンド"なんて呼ぶ人もいるくらい。これまでも、ＷＯＯやＧＬ３やホーゼンドーＤ向けのゲームソフトを単独で開発してて、複数のパブリッシャーからいろいろ発売されてる。もちろん、大作はさすがに１人じゃ無理みたいだけど、それでもカジュアルゲーム、つまり簡単操作で手軽にプレイできるアクションゲームやパズルゲームなんかは比較的安い報酬でそこそこ綺麗な画面にしちゃうから、自社内に開発部隊を持たないパブリッシャーは一時期重宝してたようね」
「そりゃ、すごいよ。その人のところ、すぐ行こう！」
「ん〜〜〜でも、ここはあたしもダメだと思う」
「どうして？　取引先のパブリッシャーが、よその仕事をさせないようにしてるとか？」
　万裕美は首を横に振った。「このところ、家庭用ゲームソフトを全然作ってないのよ。自社のホームページも、１年以上更新されてないし。ひょっとしたら、ゲーム作りを辞めちゃったのかも……」
「……そっか……でも、当たって砕けろだよ。連絡だけは入れてみて、会うのすら断られたら、探す範囲を神奈川や埼玉や千葉も含めた東京の近郊に広げるとか、もっと違う方法を考えるとか、明日以降どうするかを練り直そう」
　こっくりとうなずいた万裕美は、静かな場所で電話をかけるために、スマホを手にその場から少し離れた小道へと移動した。
　範囲を広げたところで、倒産寸前のゲームメーカーからの仕事で、しかも厳しい制作条件を受け入れてくれるまともなプログラマーが見つかる保証はどこにもない。むしろ、そんなお人好しは、どこを探しても見つからないようにも思える。

ゲームソフトの根幹とも言える、コンピュータプログラムを作成する目処がつかなければ、他の様々な作業も進められない。
　とどのつまりゲームメーカーの社長なんて仕事は無理だったのか……兄の跡を継ごうとしたのは軽挙で無謀な決断だったのか……。1人道端にしゃがんで寒風に吹かれていると、体中の力が風と一緒に流れ飛んでいくような心持ちに、そしてどんどん弱気になっていく自分に晋二は気付いた。
　しかし、まだ諦める訳にはいかない。10メートルほど離れて電話をしている万裕美の背中を視界に入れて、晋二は改めて1人ではないのだと自分に言い聞かせた。
　すると、電話をしていた万裕美が急に振り向き、両手を上げて丸を作った。
　晋二は無意識のうちに立ち上がり、万裕美に駆け寄る。
「斎藤さん……会ってくれるって」
　万裕美はそう言って、満面に喜色を浮かべた。

◆

　ロンサムゲームスは、日暮里からJRと地下鉄を乗り継いで約20分。東京スカイツリーの開業に伴い、観光客でにぎわいを見せるようになった押上駅から徒歩15分の住宅街にあった。
　雑居ビルかマンションの一室にでも入っているのかと想像していたら、晋二たちがスマホの地図アプリで誘導されたのは、かなりの築年数と思える2階建ての民家だった。
　玄関に掲げられている古びたプラスチック製の看板には、確かに「有限会社ロンサムゲームス」とある。
　万裕美がインターホンを押すと、朗らかでぽっちゃりとした中年女性が中から出てきた。
「スクルドソフトさん？　お待してました。汚いところですが、まあ上がってくださいな」
　案内されたのは、玄関から入ってすぐの部屋だ。8畳ほどの広さがあるが、5台のパソコンと、ゲームの開発用と思しき様々な機材で埋まり、さらには大量の

本、書類、ＣＤロムなどが散乱している。
　足の踏み場があるのは、パソコンチェア、来客用と思われる小さなテーブル、三脚の簡易椅子の周りくらいだ。
「主人は今、シャワーを浴びてるので、申し訳ないですがもうしばらくここでお待ちください」斎藤の妻らしき女性は、愛想良く２人に湯気の立つコーヒーカップを置いて、出て行った。
「奥さんは、いい人そうだよね」晋二が万裕美の耳元で囁く。
「問題は……本人よ」万裕美が答えた直後、ドアの向こうで廊下をドタドタとこちらにやってくる足音が聞こえてきた。
「やあ、お待たせしました！　斎藤です」
　勢いよくドアを開けて現れたのは、ジャージ姿の小柄な中年男だった。
「お電話もらって、お会いする約束はしたものの、実はここ５日間ほど風呂に入ってなくてね。嫁さんに聞いたら、ちょっと臭う、って言うもんだから急いでシャワーを浴びてきたんですよ」
　立ち上がって迎えた万裕美が、隣に立つ晋二の腕をつかんで、さらに引き寄せた。
「お忙しいところ突然お邪魔して申し訳ありません。お電話差し上げた高杉です。そして、こちらがスクルドソフトの社長を務める大村でして……」
「大村……さん……大村社長は、確かこの夏にお亡くなりになったはずじゃ……」
　目を瞬かせる斎藤に、晋二が応えた。
「それは、兄です……俺、いや私は弟の大村晋二と言います。業界の外から入ってきて、まだ１か月そこそこなんですが」
「ああ、弟さん……そうでしたか」

+
+

　晋二と万裕美が名刺を渡そうとすると、斎藤はやにわに両手を振って済まなそうな表情をした。

「いや、ごめんなさい。折角お名刺頂戴しても、もう私は何のお役にも立てませんし、私の名刺を渡しても、それは紙くず同然の物になってしまいますから……。まあ立ちっぱなしもなんですから、お座りになってください」
　ある程度予想していたとはいえ、斎藤の先制パンチに晋二と万裕美は失望の色を隠せないまま席に着いた。
「というと……やっぱりゲームはもう作っておられないんですか？」
　万裕美が恐る恐る尋ねる。
「家庭用はもう１年以上作ってないなぁ。この１年間は、スマホやタブレット向けのダウンロードアプリの制作を請け負ってて、５日間も風呂に入ってなかったっていうのもその仕事の一つ。美少女系の簡単なカードバトルゲームなんだけど、それを作ってるうちに、中断できなくなってね。私、一旦作業に入ると、寝るのも忘れて仕事する悪い癖があるもんだから」
　苦笑する斎藤に、今度は晋二が体をやや前に出した。
「アプリのお仕事は続けておられるのに、斎藤さんの名刺が紙くず同然になるって、どういうことです？」
「いやあ、今の仕事もそろそろ潮時かなぁと思って。今日仕上げたばかりのアプリゲームを最後に、この業界から足を洗おうと……。嫁さんの実家が愛媛でミカン農家やってるんですけど、１人娘なもんだから、義理の両親から帰ってこい、手伝ってくれとやかましく言われてんですよ。まあ、ゴミゴミした都会から脱出して、空気のいい田舎でミカン育てるのもいいかな……なんて思ってます」
「でも、斎藤さんはたった１人で家庭用ゲームを作れる、業界でも特殊な、優れた技術を持っておられる方なんでしょ？　そんな勿体ない」
「ゲームメーカーのあなたたちを前に言うのは恐縮だけど、家庭用ゲームにもう明るい未来なんかありませんよ。家庭用ゲームを作らなくなったのも、この業界に嫌気が差してのことです」
　それまでにこやかにしていた斎藤の顔つきが、次第に険しくなっていった。
「ゲーム機の性能が向上するにつれ、ソフトメーカーはより精細に、より美しく、さらにはよりリアルに、実写のようなグラフィックに、そうじゃなかったらいかに映像を立体視させられるか、無線通信によるネットワーク機能をどう活かすか、そんなことばかり追求してゲームを作るようになってしまった。一番肝心な

ゲームの面白さ、を二の次にしてね。私も最新のゲーム機に合わせたプログラム技術力のアップには不断の努力を重ねましたし、よそのトップクリエイターにも負けない自信があります。でも、1人しかいませんから、映画のようなゲーム、大ボリュームの大作ゲームを限られた期間内に仕上げることはできません。私のところに来る仕事といえば、グラフィックの質はそこそこで、短期間のうちに安価で完成させられるカジュアルゲーム主体になっていった。いや、カジュアルゲームを批判してるんじゃないんです。内容の工夫が感じられない、定番・ヒット作の二番煎じや三番煎じみたいな企画ばかりが舞い込んでくる。そのうち家庭用ゲーム市場のユーザーはどんどん離れて、マニアックなファンしか残らなくなってしまった。一時は、日本の立派なカルチャーとして子供からお年寄りまでに支持される娯楽にまでなりつつあったのに、今じゃまたサブカルチャーに逆戻りだ。それで、家庭用ゲームに見切りを付けたんですが、私の取り柄はゲーム作りしかありません。取りあえず、アプリの仕事を続けたものの、作ってて全然楽しくないんですよ。この苦痛、わかります？ ……こりゃもう、辞め時だと思いました」

　堰を切ったように語る斎藤に対し、万裕美はすっかり共鳴したらしく、時折相づちを打ちながら、うなだれるようにして聞いていた。斎藤の苦悩は、この業界の経験がまだ浅い晋二にもわかる気がする。
「でも、それなのに、どうして俺たちに会ってくれたんです？」
「スクルドソフトの方なら、最後に一度お会いしたかった……これは完全に私の身勝手なわがままです。今日は仕事のお話を持ってきてくださったんだとは思いますが、そういう事情でお受けすることはできません。わざわざこんな場所まで無駄足を踏ませてしまって、ごめんなさい。許してください」
　斎藤は、2人に向かってそれぞれ丁寧に頭を下げた。
　万裕美は、どうすればいいのかわからないといった戸惑いと落胆が混じった眼差しで晋二を見る。
　しかし、晋二には斎藤の言葉が少し引っ掛かっていた。
「あの……どうしてスクルドソフトの人間なら、って？」
「好きなメーカーさんだったから……特に昔の作品は。でも、今出しておられるゲームは、他のメーカーさん同様好きじゃない。あっ、ごめんなさい、また余計

なことを……」
　斎藤は立ち上がり、2人が帰るのを無言で促すような態度を取った。
　万裕美も釣られて、渋々といった体で立つ。
　しかし、晋二だけは座ったまま、膨大な数のゲームソフトが並べられている書棚に目を走らせた。斎藤が作ったゲームだけでなく、国内外で参考にしたゲーム、好きなゲームが揃えられているのだろう。それらをただ漠然と眺めていたのではない。ひょっとして？　という思いから、特定のソフトを探していた。
　そしてそれは、斎藤がこれまでに開発したゲームソフトに対して業界団体や、取引先のパブリッシャーから贈られたトロフィー、表彰楯、感謝状などが集められているのと同じ棚にあった。
「斎藤さん、あそこの表彰楯の隣に置いてあるゲームソフトですけど……」
　晋二が指差した棚にあったのは、宝善堂が国内で初めて発売した家庭用ゲーム機カセットコンピュータと、その後継機・スーパーカセットコンピュータ用のソフトだった。
　全部で5本。どれも15年から20年ほど前に作られたソフトであり、全てがスクルドソフトの製品だった。5本の中には、万裕美が話していた「ジャングル・シューター」と「スペース・バトラー」も含まれている。
　万裕美は、初めて気付いたらしく目を丸くして棚を見つめた。
「ええ、おたくの会社のソフト……すごく好きだったゲームたちです。だから、私のこれまでの足跡を証明してくれる記念品と一緒の……一番思い入れのある特別なコーナーに。みんな、あなたのお兄さん、大村晋一郎さんの作品だ。ユーザーへの愛にあふれたシステムやギミックをゲームに盛り込んだ晋一郎さんは、私の目標であり、憧れでもあった。結局、一度もお目にかかれず、話をする機会もなかったけど、彼が亡くなったのをニュースサイトで知った時、一つの時代が終わったような気がしました。私の心の中にはポッカリと穴が開いてね。それも、この業界から足を洗う覚悟を決める要因の一つになったのかもしれません……」
　ぼんやりと遠くを見る斎藤に、晋二はいつの間にか特別な親近感を覚えていた。この人ならわかってくれる。そんな思いが、晋二に自然と大きな声を出させた。
「これまで長い間うちの開発陣が目を背けてきた、兄貴の意志をきちんと継げる

ようなゲームを、俺たち作りたいんですよ!」
「晋一郎さんの意志?」
「俺も肝心なことは、ずっとわかっちゃいなかった。兄貴の会社を継いだ後も、表面的なことだけを見て、この業界をわかったような気でいた。でも、ここにいる高杉さんが気付かせてくれた……どんな思いで兄貴がゲーム作りに必死で取り組んできたのか……プレイすることで、身近にいる人同士がもっと仲良くなれるゲームを作るっていう、そんな兄貴の意思を」
　そういって、晋二は万裕美に向かって微笑んだ。
　万裕美も目を細め、こっくりとうなずく。
「今のゲーム業界が忘れてしまった真の家庭用ゲームを、もう１度作りたい。そのためには、どうしても斎藤さんの力が必要なんです。とにかくこの仕様書、見るだけでも見てください。そのうえで、やっぱりダメだと思われるのなら、俺たちきっぱり諦めますから!」
　晋二は急いで鞄の中から仕様書を取り出し、斎藤に押しつけるようにして手渡した。当初Ａ４判十数枚だった仕様書案は、晋二が出張に出ていた前日から、今日の朝にかけて、万裕美が自宅に籠もってさらに手を加え、３倍以上の厚みの正式な仕様書に仕上がっていた。ゲームの内容、画面レイアウト、必要な素材などが以前よりもっと詳しく、具体的に記載され、ゲーム画面については大まかなラフではあるが手描きのデザイン案も数個加えられている。
　これには同じ大きさでプリントアウトされた参考資料も、10枚近く添付されていた。それは、万裕美が数年がかりで書きためてきた、各ステージでランダムに発生する歴史イベント概要、登場する歴史上の人物たち、プレイヤーに様々な効果を及ぼす巻物の種類、時代ごとに各宿場町・城下町で手に入る特産品などのリストだった。
　斎藤はしばらく晋二の顔をじっと見つめていたが、やがて椅子に座り直し、ゆっくりと仕様書のページをめくり始めた。そんな斎藤の目つきが、どんどん真剣みを帯びていく。
「これは……」
　食い入るように仕様書を読み進める斎藤を、晋二と万裕美は固唾を飲んで見守った。

それは 10 分か 15 分ほどだったろうが、2 人には 1 時間にも、2 時間にも感じられた。

　読み終えた斎藤は、困惑したような表情で晋二に向き直った。

「ＷＯＯ用にねえ……。このゲーム、宝善堂はゴーサインをくれたんですか？」

「くれました。ただし、与えられた期間は……半年しかありません。半年後に販売することが、宝善堂からの条件です」

「半年……私の所に来られたというと、あなたの会社の開発陣は、この企画に加わらないんですか？」

　ほとんど直感ではあったが、この人なら、全てを話しても構わない、話すべきだと晋二は腹をくくった。社運をかけた最新作の受注数がたった 8 本だったこと、晋二と万裕美以外の全社員が辞めてしまったこと、辞めた社員に最後の給料を支払えば会社の資金は底をつくこと、しかも、新規融資の目処はまだつかないこと、企画が進行しなければ多額の借金を背負ったまま会社は即座に倒産すること……。会社に関する洗いざらいを、晋二は正直に斎藤へ打ち明けた。

　あまりにもひどいスクルドソフトの実態に、斎藤は口をぽかんと開け続けているしかなかった。

「いや、これは失礼。八方塞がりとは、よく言いましたな。……で、私の所に行き着いた、と。しかしそんな有様で、私への報酬などとても工面できないでしょう？」

「即座に前金をお渡しはできません。でも、新規融資が受けられれば、すぐにでも一部を手付け金としてお支払いします。ただし残額は、ソフトの発売後、各法人からの代金が入ってきてからになりますが。もちろん、フィーの総額は、斎藤さんが求められる金額に可能な限り応じるつもりです」

　どれほどの費用を吹っ掛けられようと、晋二はこの人となら一緒に仕事がしてみたいと心底思えるようになっていた。

「それはとてもありがたいんですが……」斎藤は苦笑混じりに続けた。「まあ、まともなクリエイターなら、とてもじゃないが受けられるお話じゃありませんな」

「それは、重々……」

　斎藤が言うのは当然である。あまりにも非常識な依頼をしているのは、晋二もよくわかっている。

「それに残金は法人の代金が入ってからとおっしゃるが、今度も、その『パラドックスストーリー３』みたいに全然売れなかった時、どうされるんです？」
「その時は……借りられるだけの金を作ってお渡しし、足りない分は何年かかってでも、働いてお返しします」
　自分でも、こんな台詞が口をついて出るとは思いもしなかった。しかも、この場限りの、思いつきの言葉でもない。今の大村晋二があるのは、スクルドソフトという会社があったからであり、その会社に半生を捧げた兄の情熱や願いを、遅ればせながらも分かち合っている自分がここにいる。そんな心情が、晋二を今突き動かしている。
　斎藤は目を閉じ、腕を組んだままじっと動かなかった。いつまで経っても、その姿勢は仏像のようにピクリともしない。ここに至って、晋二はやはりどうにもならないのかと判断せざるを得なかった。
「勝手なことを言ったのは、こっちの方でした」晋二は万裕美を促して立ち上がり、２人で改めて頭を下げた。「本当に、お邪魔しました」
　晋二と万裕美が連れ立って部屋から出て行こうとした時、斎藤の声が背中越しに聞こえた。
「この業界の"まともなクリエイターたち"から見たら、私なんかは大バカなクリエイターってことになるんでしょうかねぇ」
　晋二と万裕美は、えっ？　となって振り返った。
「大村社長、この仕様書に書かれてるゲーム、素晴らしい中身だと思います。こんなゲームなら、私も作ってみたい」
「斎藤さん、ホントに？　……」
「こういうゲームが売れなきゃ、家庭用ゲーム業界は、もうお先真っ暗でしょう。で、私がメインプログラムを担当するとして、そのフィーです」
「それは、必ず、決して斎藤さんにご迷惑がかからないように……」
「とはいっても、資金繰りは相当厳しいでしょう。実際、いまだに融資の話もまとまってないんだから。それなら、完全インセンティブで引き受けましょう」
「完全インセンティブ？」
「ソフトの売上の８パーセント、それでどうです？　それと、半年後の発売となると、５か月後までにはマスター（原盤）ロムを完成させておかなければなら

ない。昼夜を分かたない突貫工事になるでしょう。さすがに私1人だけでは、心許ない。信頼のおけるデバッガーが1人います。そいつもスタッフに入れてください」
「デバッガー？」晋二は、万裕美に視線を向けて尋ねた。
「コンピュータプログラム上のミスを、業界では"バグ"っていうの。その"バグ"を見つけるためにテストプレイを繰り返すのがデバッガー」
「通常はある程度プログラムが完成してからデバッグ作業に入りますが、そんな余裕はありません。そこそこのプログラムが仕上がった段階でデバッグに入り、ほとんど並行作業で修正していくしかないでしょう。それに、そいつならプログラミングをサポートさせることも可能だ」斎藤が付け足した。「フィーも私から言えば、インセンティブで受けてくれるはず。彼には5パーセントで。どうですか？」
　デベロッパーや外部の開発スタッフがインセンティブを受ける例など、この業界ではほとんどない。しかし、今の晋二たちにとって、それは願ってもない申し出だった。
「結構です。でも、それこそソフトが売れなければ、お2人ともただ働きということになってしまうんですが……」
「半年なら、食いつなぐくらいの蓄えはあります。私ね、これなら作りたい！と思えるようなゲームじゃないと、もうやる気も起こらんのです。デバッガーのそいつもフリーですが、私と似た者同士ですから。……もし売れなかったら、その時こそミカン農家でもやりますわ」斎藤は屈託のない笑顔を見せた。
「ありがとうございます！」
　晋二が斎藤の手を両手で握り、その上から万裕美がさらに両手を重ねた。
　ややあってから、斎藤はパソコンデスクの上に置いていた何かを取り上げ、2人の前に差し出した。
「これを、お渡ししておかなくちゃ」
　それは、名刺だった。派手さのかけらもない、白地に墨一色で印刷された表には、有限会社ロンサムゲームス・代表取締役である斎藤佳憲の名前が刷られていた。

◆

「お腹もうペコペコ！」
　そう言ってスタスタと歩く万裕美の表情は、これまでになく底抜けに明るい。
　ロンサムゲームスを出た晋二と万裕美は、押上から地下鉄に乗った。時間はもう午後８時を過ぎている。空腹でフラフラになっているのだが、斎藤の協力を得られたことで２人には気力と充実感が満ちていた。
「ついてきて。美味しい物、食べさせてあげる」そういって万裕美は、晋二を２駅目の浅草で途中下車させた。
　浅草寺を抜け、行き交う観光客や酔客の数が次第にまばらになっていく。雑居ビルとアパートが立ち並ぶ路地に、「居酒屋」と大きく墨書きされた赤提灯、そして「真田十勇士」と印刷されたのれんを掲げている２階建ての古びた一軒家があった。その前で、万裕美は立ち止まった。一階は店舗、２階は恐らく住居だろう。
「ここよ」言うなり、万裕美は引き戸を開けて中に入って行った。
　カウンターと使い古された２つのテーブルがあり、客が10人も入れば満席になりそうな店内は、どこの町にでもある平凡な酒場、というか定食屋のような風情だ。美味そうな物が食べられる店、という印象はあまり受けないが、やむなく晋二も後に続いた。
　カウンターの中にいた50代前半と思しき小太りで坊主頭の主人が、「いらっしゃ……」と言葉をとぎらせたまま、目を丸くして万裕美、次いで晋二を見た。
「もうお腹空きすぎて、背中とくっついちゃいそうなのよ。お客さんも一緒だから、とにかく美味しい物をじゃんじゃん持ってきて。それと、生ビールも２つ！急いでね！」
　カウンターに向かってそう言った万裕美は、空いている奥のテーブルに陣取った。
「あんたも生ビールでいいわよね？」
「あ、ああ……」
　万裕美の向かいに座ってから、晋二は店内を見回した。
　他の席は、常連らしき普段着の男女と、サラリーマン風の男たちでほとんど埋

まっている。そんな中、カウンター内の主人はまだぽかんと口を大きく開けたまま、こちらを見ている。坊主頭に捻りはちまきを巻いた風貌は、結構いかつく、晋二は自然と目をそらした。
「ねえ、この店のご主人さあ、ずっと俺の方を見てて気味悪いんだけど……」
　身を乗り出し、囁くように言う晋二に、万裕美は平然としている。
「ああ、気にしないで。いっつもあんなだから」
「何か、変わってるよね。この店、高杉さんの行きつけなの？」
「行きつけっていうか……ここはあたしんちよ。でもってこの１階は、あたしの父ちゃんと母ちゃんがやってるお店」
「き、君の家？」
　思わず大きな声を出した晋二の前に、おしぼりを持った"母ちゃん"らしき中年女性がニコニコしながら近寄ってきた。
「なんだい、まゆちゃん、いきなり彼氏なんて連れてくるもんだから、お父ちゃん、魂消ちゃってるじゃないか」
「えっ、彼氏！？」
　今度は、万裕美が素っ頓狂な声をあげた。
「お母ちゃん、この人は、うちの会社の社長さん！　何で彼氏だなんて！」
「そうなのかい？」母親は予想が外れたことに微かな失望を顔に出しつつ、今度は晋二に向かって頭を下げた。「こりゃとんだ失礼をしちゃって。お父ちゃんだけじゃなく、あたしまでてっきりおたくのこと、娘の彼氏だと……それにしても、若い社長さんだねえ」
　晋二も立ち上がって、万裕美の母親に改めて挨拶をする。
　万裕美の父・大作と母・幸恵が夫婦で経営する「真田十勇士」は、戦後まもなく千葉から浅草に引っ越してきた祖父母が始めた老舗居酒屋だった。
　３人の会話が聞こえたらしく、カウンターから捻りはちまきを外した大作も、相好を崩しつつ出てきた。いかつい風貌も、笑顔になると人懐っこくなる。
「うちの娘が働かせてもらってる会社の社長さんだそうで。そうとは知らず、とんだ無様を見せちまって。いつも大層お世話になっております。万裕美の奴、会社に迷惑かけてねえでしょうな？」
「いや、お世話になって、しかも迷惑かけてるのは、こっちの方でして……」

申し訳なさそうに頭をかいている晋二に対し、事情の飲み込めていない大作と幸恵が首を傾げていると、引き戸の開く音と共に新たな客が1人、勢いよく飛び込んできた。
「合格した！　やっと合格したよ！」
　年の頃は30前後。スーツ姿で上機嫌の男が、奥のテーブルに集まっている晋二と万裕美親子を見るなり固まった。
「万裕美……その人、彼氏なのか？」
「バカ、兄貴まで何言ってんのよ！」
　顔を真っ赤にして万裕美が反論する。
　彼は、高杉洋太郎。万裕美より4歳上の29歳。晋二は、これで4人家族の高杉家全員と顔を合わせたことになる。
　結局、晋二と万裕美のテーブルに洋太郎も加わり、3人での酒盛りが始まった。
「いやー、これまでさっぱり男っ気のなかったこいつが、身なりのきちんとした若い男子を店に連れてきたんだから、親父やお袋がびっくりするのは当然だよ。俺も大事な知らせを持って帰ってきてんのに、すっかり頭の中から吹き飛んじゃったじゃないか」
「ああ、そう言えば、合格したって、仰ってましたね。何かの試験ですか？」
「うん、ＣＴＭ。チャータード・ターンアラウンド・マネージャー。訳して認定事業再生マネージャー。日本の一般社団法人が管理・運営してる、国際的にも通用する事業再生のプロフェッショナルに与えられる資格なんだ」
「事業再生、ですか？」
「普通の人は、あんまりよくわかんないよな？　一昔前なら、経営が破綻した企業は即倒産、っていうのが常識だったんだけど、倒産企業の資産なんて売却処分した時に事業価値が大きく毀損されちゃうだろ。だから、清算はせずに、収益力や競争力のある事業を再構築して会社を再建することを言うんだ」
「兄貴、毎年落ちてたのに、その試験やっと受かったの？」
「おお、4度目のチャレンジでやっとな。今日、携帯に連絡があった」
　洋太郎は、経理専門学校を卒業後、税理士試験に合格し、都内の会計事務所に6年間勤務してきた。しかし、与えられた会計処理を間違いなくまとめる"過去に目を向けた"税理士の仕事よりも、経営を悪化させた企業をいかにして立て直

すかに取り組む"未来に目を向けた"仕事、事業再生に興味を持った。
　ＣＴＭは国家資格ではないものの、すでに欧米ではこの資格を持っているだけで、事業再生のプロとして認められ、関連する仕事が自動的に舞い込んでくるほどの認知度がある。日本でも脚光を浴びつつあるＣＴＭに目を付けた洋太郎は、３年前から挑戦を繰り返していたが、受験勉強に集中して取り組むため半年前に会計事務所を退職し、実家近くの古い雑居ビルの一室を借りて経営コンサルティングの看板を掲げていた。
「じゃあ……」考え事をするように１点を見つめていた万裕美が、テーブル越しに晋二の腕をつかんで揺すった。「兄貴に手伝ってもらえばいいのよ」
「お兄さんに？」
「だって、会社の資金繰りも立派な事業再生の仕事なんじゃないの？　ねえ、兄貴」
「そりゃまあ資金調達も、いろんな再生スキームの一つではあるけれど……って、お前んとこの会社、そんなにヤバイ状況なのか？」
　目をむいた洋太郎に、晋二と万裕美は、これまでの経緯を全て話して聞かせた。
「ほーーーーっ。資金ショート寸前……」
　聞き終えた洋太郎は、大きなため息をついた。
「でも、ゲームメーカーのビジネスモデルというのは、今お話ししたように案外シンプルなものなんです。ヒット作さえ出せば、すぐ黒字になる」
「そのヒット作を出すってのが、どのメーカーだって大変なんだろ？　特にゲームとなると、売れるか売れないかなんて、市場に出るまでわからない訳だし」
「でも、今回のプロジェクトは勝算があります。万裕美さんのプランニングしたゲームは、ニーズがある！　しかも、どのメーカーも見過ごしてる分野に打って出るんですから、順調に売れれば１人勝ちを狙えます。そんな企画だからこそ、宝善堂だって異例の処置として通してくれたんですよ」
「うーん……しかし、リスケしてる会社への新規融資なんて、どの金融機関も乗ってくれないよ。債務を保証してくれる信用保証協会だってウンと言わないだろうし、金融機関からの融資はまず不可能だぜ。もし、どうにもならなかったら、どうやって資金繰りするつもりなの？」
「それは……いざとなれば、消費者金融か、それでも間に合わないなら闇金にで

も駆け込むつもりで……」
「そりゃダメだ！　そっちに手を出せば、立て直せるものも立て直せなくなる。となると、政府や自治体が給付する補助金とか助成金か……。引っ掛かりそうなもの、あるかなぁ。調べるのは相当骨が折れるぞ」
「兄貴だって、どうせ暇なんでしょ？　クライアントなんて、まだ全然いないんだろうし」
「いないことはないよ……一応、1社の経理と事業計画を任されてる」
「何それ、どこの会社？」
「この店……」
「もー、親のスネばっかりかじってんじゃないわよ！　それにこのプロジェクトが成功すれば、兄貴の事業再生案件第1号っていう実績にもなるんだから！」
「確かに、今日をもって受験勉強から解放され、ぼちぼち営業にも力を入れなきゃと思ってたとこだしな……。よし、やれるだけのことはやってみるか」
「よっ、さすが兄貴！　太っ腹！　もちろんさっき聞いた通り、お金はないからね。全部、後払い！」
「全く、身内を好き勝手に使いやがって……でもまあ、わかった！　明日の朝一番から、あんたの会社に行って帳簿、通帳、決算書、必要な資料を全部見せてもらうよ」
「高杉さん、ありがとうございます！　よろしくお願いします！」
　晋二が洋太郎に深く頭を下げるのと同時に、万裕美が追加注文していた3人分の生ビールを幸恵が持ってきた。
　万裕美が、早々にグラスを持つ。
「さあ、もう一度乾杯よ。スクルドソフトの再起と新作ゲームの成功を、今ここにいるメンバーで誓って！」
　晋二、万裕美、洋太郎。3人はグラスを合わせ、乾杯した。
　見る見る間にグラスを飲み干した万裕美が、晋二の肩を叩いた。
「チーフプログラマーの目処が思ってたより早くついたから、蒲田で明日から始まるイベントに顔を出せるわ。会社で兄貴に資料を見てもらってる間に、行ってみましょ」
「蒲田？　何しに行くの？」

「大田区産業プラザで、そこそこ大規模な同人誌即売会をやってるの。次は、イラストレーターのスカウトよ」
「ああ、イラストか！　……そうだった」
　希望の光を見出せる新たな出会いを重ね、晋二はすっかり満足していたものの、ゲームを作り上げていくためには、まだ主要なスタッフがそろっていなかった。
　その一つが、イラストレーターである。ゲームの"顔"とも言えるグラフィックは、ユーザーが最初に目にする商品の形だけに、その出来不出来は、売れ行きを大きく左右する。
　しかし、同人誌即売会のような場所で、優秀なイラストレーターを見つけることなどできるのだろうか。晋二は半信半疑だった。

◆

　夏と年末の毎年２回、東京ビックサイトを会場にして開催され、３日間で約60万人もが来場する世界最大規模の同人誌即売会「コミックマーケット」、通称コミケとは比較にならないほど小さなイベントではあるものの、蒲田にある大田区産業プラザで開かれている「東京コミックストリート」の会場には、２千以上のサークルと一般個人が出展し、初日から大勢の若者でにぎわっていた。
　他の同人誌即売会同様、出展しているのは、同人サークルや個人で活動している面々で、奇抜な衣装に身を包んだコスプレイヤーたちの姿も目立つ。
　大展示ホールには、長椅子が何列にもわたって並べられ、その上に色とりどりの同人誌、ＣＤ、ＤＶＤ、アクセサリー、Ｔシャツ、フィギュアなどが所狭しと陳列されている。
　通路は狭く、来場者は想像以上に多い。この手のイベントを初めて体験した晋二は、熱気に圧倒されていた。
「コミケだったら、３万５千ものサークルが参加するのよ。ホントだったら次に開催される年末のコミケ会場で探したいとこだけど、まだ２か月近くも先だし、そこまで待ってられないでしょ」
「あの……基本的な質問なんだけど、どうしてここでイラストレーター探しを？」

「手っ取り早いからに決まってるじゃない。そもそも、プログラマー探しの時と同じで、まともなプロが、あたしたちの提示する条件で引き受けてくれる可能性はすごく低いわ。それに、イラストレーターをピックアップするとしたら、都内だけでもすごい数にのぼるでしょ。家庭用ゲームソフトを作れるデベロッパーやフリーのプログラマーなら数はしれてたから一軒一軒当たれたけれど、イラストレーターとなればそんなの無理よ。こういったイベントには、エンタメ系の最前線に立つクリエイターたちも一杯参加してるものの、中にはあたしたちの条件を飲んでくれて、しかも実力のあるアマのイラストレーターだっているかもしれない」
「金の卵を探すのに、一番効率的って訳か……」
　万裕美は先頭に立ち、人をかき分けるようにして進んでいるが、陳列されている同人誌をチラッと見ていくだけで、立ち止まろうともしない。
「ねえ、もうちょっとゆっくり見ていった方がいいんじゃないの？」
「ここはＦＣ（ファンクラブ）ブース。大ヒットアニメやコミックやゲームの２次創作を中心とするサークルのエリアよ。あたしたちが求めているのは、オリジナルキャラクターを作れる人物。このイベントは、オールジャンルを扱ってるんだけど、オリジナル作品のエリアは、小展示ホールの方にあるみたいね」
　２人は大展示ホールを出て、もう一つの会場である小展示ホールに入った。
　小展示ホールは、大展示ホールの４分の１ほどの大きさだったが、こちらも人でごった返している。
　万裕美は、陳列台を一つ一つ入念に見ながら進む。晋二も同じようにしているが、彼の目には並んでいるどの作品も上手く、巧みに描けてはいるように見える。しかし、どんなデザインが、どんなタッチの絵が自社ゲームに相応しいのかを見極められずにいた。
　自然、万裕美の動向にも目がいく。すると彼女は、各サークルに割り当てられたスペースの中でも、人が群がっているスペースは意図的に素通りしていた。
「ちょっと、ちょっと」
　晋二が呼び止めると、万裕美が振り向いた。
「人が一杯集まってるスペースは、人気があるサークルなんじゃないの？　人気があるってことは、実力もあるんだろうし、何でどんどん行っちゃうんだよ？」

「オリジナルで人気を集めるのは大抵、おっぱいをぷるんぷるんさせてる美少女系か、イケメン男子の"やおい"をテーマにしたボーイズラブ系。人垣ができてるのは、そっちの方面ばかりよ。今のあたしたちの作品には、全然相応しくない。子供からお年寄りにまで共感を持ってもらえるような、温かくて、ほのぼのとしたキャラクターを生み出せる人を探さなきゃ」
「なるほどね……」
　晋二は再び万裕美の後にくっついていったが、もう会場の大方は見て回っている。
「さすがに都合良くは見つからないんじゃ……」左右の長いすに目をやりながら進んでいた晋二は、急に立ち止まった万裕美の背中とぶつかりそうになった。
「どうしたの？」
　晋二が、万裕美の視線の先に目をやると、会場の端にただ１か所、１人の客も呼び寄せられていない長椅子があった。
「個人サークルね。案外、ああいう出展者が当たりかも」
　そう言うと、万裕美は混雑する会場内でそこだけぽっかりと空いているスペースに向かって１人すたすたと歩き出した。
　晋二も、慌てて後を追う。
　その長椅子には、１人の若い女性がぽつんと座って番をしていた。
　多くの同人誌即売会では、参加をサークル単位で受け付けているため、１人だけで創作活動を行っている場合は名目上サークルを作って申し込む。「個人の団体」とは矛盾した表現ではあるが、こういった参加者は個人サークルと呼ばれている。
　眼鏡を掛けた女性は、20代後半。地味な色合いのセーターとパンツ姿で、ファッションには無頓着そうだ。
　万裕美は、陳列されている同人誌を手に取り、ページをパラパラとめくった。その眼差しが、どんどん熱を帯びていく。
　晋二も気になって、取り上げた冊子を開いた。すると、会場で目にしてきた派手で精巧な、或いは美しく、可愛く、セクシーなデザインとは、対極にあるようなほのぼのとした、ユーモラスなキャラクターたちが次々と目に飛び込んできた。率直に言って、晋二は好感を持った。

同人誌の横に置いてあるイラスト集には、現代の人物だけでなく、甲冑を身に着けた武士、十二単の平安女官なども見える。
「少しお尋ねしますが……人物は、日本のいろんな時代のものでも描けるんですか？」
　万裕美が、冊子から目を離して女性を見た。
「え？　……」女性は、一瞬戸惑ったように口ごもった後、微笑んだ。「ご、ごめんなさい。開会から今まで、声掛けてくれるお客さん、１人もいなくて……今まで同人誌即売会には何度か出展したんだけど、いつもこんな感じで……私の絵は、やっぱり受けないのかなって、落ち込みモードだったから……。ええ、もちろん、衣装や髪型も資料さえあれば。ただし、私のタッチ、独特だから、こんな感じにしか描けないけれど」
「このタッチがいいのよ！　あんた、どう思う？」
　万裕美は、晋二を振り向いた。
「俺も……いいと思う。お世辞で言うんじゃなくて、何かホッとするような、心の中が温かくなるような……」
　晋二の言葉を聞いた万裕美が力強くうなずき、女性に向き直った。
「あたしたち、ゲームメーカーのスクルドソフトの者なんだけど、こういう絵を探してたの。あなた、新作ソフトの制作にグラフィックで協力してはくれないかしら？」
「ええっ！　？　あたしが？　ゲームの制作？」
　驚きで声をうわずらせたこの女性の名前は、伊藤三佳、27歳、独身。普段は、蒲田のアクセサリーショップでアルバイトの傍ら、空いている時間の大半を京急電鉄沿線の青物横丁にある実家で創作活動に費やしていた。
「でも私、ゲームの制作なんて、全く経験が……。それに、絵はパソコンを使って描いてるけど、それをゲームで使用できるコンピュータグラフィックスにする技術なんて全くないのよ？」
「大丈夫。何も、３Ｄのリアルなコンピュータグラフィックスを作ろうってんじゃないの。２Ｄのイラストをメインにして、ゲーム画面上で単純な動きをさせられればいいだけだから。絵の動かし方はあたしが仕様書で具体的に指示して、プログラマーにプログラミングしてもらう。あなたは、イラストを描くだけ！」

２Ｄイラストは、最小の描画表現であるドットと呼ばれる小さな点を組み合わせてコンピュータグラフィックス化される。つまり、ドット一個一個の明暗や色、画面上に配置される場所を指定していきながら、キャラクターや背景が作られていく。

　ゲーム画面は、横の行と縦の列の格子状の升目で構成される。この升目の適切な場所にイラストなどデジタル情報のドットを表示するのが、２Ｄプログラムの主な処理になる。

　これが、３Ｄになると、今度はドットの代わりにポリゴンという多角形が使用される。典型的なのは三角形のポリゴンを大量に組み合わせて立体を表現する手法だが、それにはコンピュータ内部で複雑な演算が必要だ。

　初期のテレビゲームは全てドットで画面がデザインされていたが、ゲーム機のＣＰＵが飛躍的に向上したＧＬ２以降はポリゴンが主流となり、グラフィックスのリアル化、高精細化に拍車がかかっていった。

「あの……」ずっと考え込んでいた三佳が、ようやく切り出した。

　ＢＧＭと雑踏のせいで、会話は聞き取りづらい。晋二と万裕美は、三佳に顔を近付けた。

「これって、新手の詐欺じゃないですよね？　イラストを採用するけど、支度金とかの名目で後から 100 万円とか 200 万円請求してくるとか……」

◆

　大田区産業プラザから出てきた晋二と万裕美の表情は、晴れやかだった。

　三佳にも、斎藤と同様に会社の状況を包み隠さず明かした。"デビュー詐欺"でないことはすぐにわかってもらったし、経済的な事情から報酬は完全インセンティブでという条件も、彼女にとってさしたる問題ではなかった。要は「軽々しく引き受けて、そんな大きな仕事を自分がやり遂げられるのか」という不安だけである。作品を世間に認めてはもらいたいけれど、イラストレーターとして独り立ちできる自信もまだない。

　しかし、迷う三佳にかけた万裕美の言葉が、決定打になった。

「十分なお金がなくて、こっちに都合のいい条件しか出せないあたしたちがこん

な風に言うのもおこがましいんだけど、あなたの夢は、絵を描くことなんじゃないの？　だったら、この仕事は、夢を叶えるチャンスになるかもしれない。叶うかどうかは、あなた次第……あたしも、ホントだったら、諦めてた……ゲームソフトを作る夢。今のチャンスをもらえてなかったら……ゲームプランナーとしてこんな風にあなたに話しかけることもなかった」
　しばらくうつむいて考え込んでいた三佳は、ゆっくりと顔あげ、目を輝かせた。
「やってみたい……。やるからには全力で、少しでもみんなに迷惑かけないように……」
　その後の話し合いで、三佳は４日間続くイベントの初日だけで店仕舞いし、明日にも万裕美とミーティングをして、必要なイラストの詳細を決める手はずとなった。
「ラッキーだったわ。伊藤さん、画力があるだけでなく、真面目に取り組んでくれそうな人だし」
　万裕美の声も、自然と弾む。
「残るは、サウンドか。フリーで活動してるミュージシャンも、東京には山ほどいそうだよなぁ。一体どうやって見つける？」
　サウンドも、ゲームを盛り上げる重要な要素だ。プレイヤーがコマを進めている際のワクワクするような音楽、イベントが発生した時の何が起こるかわからないドキドキ感をあおる音楽、目的地に一番乗りした勝利のファンファーレ、相手プレイヤーに邪魔された時のがっくりくるような効果音……優れたサウンドがプレイヤーのゲームに対する感情移入度をさらに高めていく。
「歴史探検すごろく」というゲームにぴったりの音楽を要所要所に合わせて作れる人間、しかも飛び切り気が良くて、金銭にうるさくない人物。そんなミュージシャンを探し出すのは、これまた至難の業だ。
　この方面については万裕美にも妙案がないらしく、口をつぐんで思案したまま歩いていた２人はやがて京急蒲田駅に着いた。
「おい、お前、大村じゃないのか？」
　２人の背後から、男の声がした。
　名前を呼ばれて振り返った晋二の目に映ったのは、同い年くらいの細身の男だった。黒を基調にしたジャケット、パンツ、キャップなど、身に付けているファッ

ションはどこかのタレントのような出で立ちだ。しかし、見覚えがない。
「えっと……どこかで会った人でしたっけ……」
　と相手の顔を見つめるうちに、晋二の記憶が蘇った。
「あっ、一緒の高校だった、よっちゃん？　東京に戻ってたのか？」
「おお、そのよっちゃんだよ！　久しぶりだなー、大村。成人式の時以来か？」
　よっちゃんというあだ名の男は、山県良樹。晋二が通っていた千代田区の都立高校で、1年と3年の時にクラスメートだった。
「ところでお前、新聞社辞めて、兄貴の会社継いだんだってな」
「ま、まあな……」
「おっ」山県の視線が、今度は万裕美に向いた。「この子が、えーーーーーっと、美幸ちゃんか、彼女の？」
　万裕美の表情が一瞬こわばり、射るような視線をこちらに向けたのが晋二にもわかった。
「お、おい、何言ってんだよ！　違うって、この人は、同じ会社の……仲間で、高杉万裕美さん……美幸とは別れたんだ。もう彼女じゃない。っていうか、会社継いだこととか、美幸のこととか、何でお前が知ってんだ？」
　晋二がチラッと万裕美を見ると、彼女はプイと横を向いて知らん顔をした。
「もう別れちゃったのか？　いやこの間、同じクラスだった清河、清河琢磨に渋谷で偶然会ってさ。お前、清河とは今もちょくちょくメールのやり取りしてんだろ？　それで、お前の近況とか彼女の話題に。すげー美人の彼女だって言うから、てっきりこの人かと」
「俺の話はもういいから、お前の方は今何やってんだよ？」
　山県は、高校時代に軽音楽部でバンドに熱中していた。担当はキーボードだ。親友というほどではないが、晋二と仲は良かった。高校卒業後は、一浪してから京都の私立大に進学し、東京での成人式で会って以来、8年ぶりになる。
　大学でも音楽活動を続けていた山県は、卒業してからも京都に留まって友人とバンドを組み、アルバイトで生計を立てながら、メジャーデビューを夢見て様々なオーディションを受け、関西でのライブを積極的に行ったようだ。しかし、なかなか芽は出ず、昨年東京に戻ってきたという。
　それからは都内のライブハウスを中心にミュージシャンのバックバンドメン

バーとして、さらに半年前からは蒲田にある小さな音楽学校の講師にも採用され、サウンドクリエイターの養成講座を受け持っている。と、ここまで山県が話した時、万裕美が「えっ？」と声をあげた。

「どうしたの？」と尋ねる晋二には答えず、万裕美は「山県さん……」と話しかけた。

「サウンドクリエイターって、コンピューターでいろんな楽器の音を取り込んで、加工して、作曲や効果音作りを教えてるってこと？」

「ああ、まあそんな感じかな。元々はキーボードで作曲もしてたんだけど、コンピューターを使うとすごく便利でさ。音や音響は無数に作り出せるし、ミキシングやアレンジも慣れれば簡単にできるしね。でも、それが？」

「それは、山県さんが、ゲームサウンドを作れる、ってことよね？」

「ゲームねぇ……やったことはないけど、やれと言われればできるかも……」

「そうか！」やっと理解できた晋二に、万裕美がコクリとした。

「ゲームでのサウンド作りは、コンピューターが基本。あたしが想定している場面ごとの音楽は、オープニングとエンディングを含めて約30。それと、特殊な効果音を40ほど」

　移動音、機械音、環境音、爆発音など、ゲームのジャンルを問わず使用頻度の高い効果音については、斎藤がこれまでにそろえ、時には自分で作り、収蔵している膨大な数の効果音源の中からピックアップしてくれる。しかし、使い回しできるそれだけの音源では足りない。「歴史探検すごろく」という新しいゲームが、過去のソフトの二番煎じや三番煎じととらえられないような、オリジナルの効果音も必要とされる。その新たに作らなければならない音が、万裕美の計算では40ばかりになるのだ。

「ここで会ったのも何かの縁だよ！　頼む、手伝ってくれ！」

　晋二は、山県の両肩をがっしりとつかんで揺さぶった。

「旧友の頼みとなりゃ、手伝わんでもないが……。それに今んところ結構暇だしな。それよか、もうちょっと詳しく説明してくれよ。ゲームサウンドとか効果音とかって、いきなり俺に何を手伝えって言うんだぁ？」

　山県は、あ然としながら、晋二と万裕美の顔を交互に見た。

◆

　案外すんなりと、山県は晋二たちのプロジェクトに加わることを了承した。元々友達思いで気立てのいい男ではあったのと、ゲームという未知の分野に可能性を見出して、今も持ち続けている音楽への情熱が、山県の心に火を付けたのかもしれない。インセンティブも、三佳と同じ5パーセントという条件だ。

　「あたしは実家住まいだから、ゲームが完成するまでは無給だって大丈夫」と言う万裕美は、「歴史探検すごろく」の発案者であり、仕様書を作ったプランナーであり、今後はゲーム画面上に表示されるテキストを仕上げるライター、さらにはスタッフ間で緊密な連携を取りながらゲームの細部を形作っていくディレクターとして動かなければならない。関係スタッフの中では、最も大きな負担がかかることになるだろう。それなのに、報酬については何一つ具体的に要求しようとしない彼女に対し、晋二は資金の問題が解決すれば給料とは別に最低でも8パーセントのインセンティブを配分する心積もりでいた。

　いくら就任から日が浅く、業界についての知識がなかったからとはいえ、スクルドソフトが破綻寸前に追い込まれた経営責任は、詰まるところ代表取締役社長の晋二にある。報酬カットは、当然のペナルティだ。半年やそこらの期間ならば、貯金を切り崩しながら何とかしのげるだろう。このソフトが成功した暁に、自分への報酬をどうするかを考えればいい。晋二は、そう思っている。

　ゲームソフトの定価2,900円のうち、外注スタッフのインセンティブとして1,000円弱、製造委託費の800円、予備費の100円を差し引き、1枚につき少なくとも1,000円の利益は上げられる計算だ。1万本売れれば、利益は1千万円。10万本売れれば、1億円になる。

　通常の家庭用ゲーム開発では到底考えられないスタッフ編成ではあるものの、制作するうえで必要な顔ぶれを何とか最低限の人数揃えられ、しかも全員インセンティブでの報酬を了解してくれたことで、まとまった金額の支出は当面抑えられる。会社の光熱費も、人がほとんど出入りせず、休業状態のようになっているのだから、基本料金と大して変わらない額に留まるだろう。

　そうなると、まとまった金が必要になってくるのは、3月頃だ。

　ゲームの発売を4月上旬と想定して逆算すると、ソフト本体である光ディス

クの製造委託費を前払いで宝善堂に振り込まなければならないのは、3月。最低でも1万本を発注するとして、その時点で800万円という費用は用意しておかなければならない。

　あと5か月。だが、それまでに100万円単位の大口の収入を得られる見込みなど全くない。

　頼りとなるのは今のところ……万裕美の兄、洋太郎しかいない。

　蒲田から電車に乗った晋二と万裕美は、朝から洋太郎が詰めて資料チェックをしているスクルドソフト本社ビルに向かった。

　2階フロアにぽつんと1人、洋太郎は社長用デスクの上に書類を山積みにし、パソコンを操作していた。

「ああ、お帰り。決算書のわからない部分は、会計士の市川さんに電話で教えてもらったから、大体の財務状況は把握できたよ。それにしても、ひどいもんだよね〜。この1年間まともな収益はほとんどなくて、金は出て行く一方。まあ、家庭用ゲームソフトに特化してきたメーカー独特の体質とはいえ、これじゃ、会社も傾くわな」

　2人を出迎えた洋太郎の厳しい挨拶に、晋二は恐縮するしかない。

「そんなことは最初からわかってんのよ。で、その傾いてる会社をどうするのか、何か方法は見つかったの？」

　万裕美が両手を腰に当て、詰問口調で尋ねた。

「それも難問なんだよな。補助金がらみで当てにしてたのは、スマートジャパン関連なんだけど……」

　スマートジャパンは、日本のポップカルチャーを主体に、国際的な評価を得ている文化コンテンツをＰＲし、産業として海外に売り込もうと、政府が近年推進している政策である。この文化コンテンツの中には、アニメ、コミック、アイドルなどに加えて、ゲームも含まれており、これらに関わる企業に対しては様々な補助や助成制度が設けられつつある。

「ゲームメーカーが受けられる補助金や助成金もいろいろあるんだけど、それって全部海外進出や海外展開を目的とする事業ばっかりなんだよ。そもそもスマートジャパンって、国外に目を向けた政策だからね。単に運転資金を援助するような制度は見当たらない」

「歴史って、日本の文化なんだから、それを海外にアピールするため、っていう名目は立つわよね？」

「名目は立つけど、日本史をテーマにしたゲームなんて、海外で売れると思うか？ 補助を受けるとなったら、実際に海外向けのソフトを製造して、各国に送り、営業活動をしなけりゃならないぞ。そこに投下された金は、恐らくほとんど回収できないんじゃないかな。どういうことに金を使ったかはきちんと監査されるから、海外向けの展開はせずに、それを国内販売向けの資金として使ったりなんかしたら、すぐに補助は取り消されるだろうし」

「スマートジャパンは経済産業省主導の施策ですよね？　それ以外の省庁とか自治体とか公共団体とかの補助金はどうなんでしょう？」

　晋二は立ったまま社長用デスクに両手をつき、洋太郎の顔をのぞき込んだ。

「うーん……例えば、自治体や公共団体の補助金も、いろんな業種を対象にはしているものの、創業支援、新規事業、人材育成、地域コミュニティの活性化、耐用年数を超過した設備の入れ替え投資、省エネ性能の高い設備導入、そしてやっぱり海外展開、ってところを後押しするような制度ばっかりでさ。この会社みたいなケースでぴたっと当てはまるような補助金は……難しいな〜」

　晋二ががっくりと肩を落としたのを見て、万裕美が訴えるように顔を突き出した。

「宝善堂に製造委託費の前払いをするのは、3月。それまでにお金の都合をつけなきゃ、せっかく作ってるゲームも世に出せないまま、関わってくれてる人たちに報酬も払えず、この会社潰れちゃうのよ！　製造委託費にかかるお金だけでも何とかしなきゃ！　もっと真剣に考えて！」

「わかってるから、そんなに喚くなって。こうなってくると、最後の頼みの綱は……事業再生ファンドしかないな」

「事業再生ファンド？」

　晋二と万裕美が、声を揃えた。

　ファンドとは、様々な投資家の出資により構成されている基金である。この資金を活用し、投資会社が企業などに投資を行う。国内では各地で様々なファンドが設立されており、投資会社以外に公共団体、金融機関、地方自治体などが出資するケースが多い。

「過剰債務に陥った企業を立て直すためのファンドだよ。それも、中小企業を対象にしたファンドだ。中小企業の中には、経営環境が悪化していても、本業では収益が上がっていたり、優れた技術を有したりしていて将来性のある会社も少なくない。そうした再生可能な企業に対して資本を投下したり、経営支援したりしている。そこから金を引っ張り出してくる……ってのはどうだ？」
「兄貴、そんなことできるの？」
「仕様書を読んで思ったんだけど、お前たちが企画したゲームは海外では売れっこないが、国内ではヒットする可能性がある、と俺も見た。しかも、ゲームを動かす軸になるコンピュータプログラム作成の目処もついてるんだろ？」
「それだけじゃない。今日はすごい収穫があったんだ！　どうしても必要だったイラストレーターとサウンドクリエイター、どっちも見つけちゃったの！　これで、明日から制作を本格化できる」
「おお、そうか！　だったら、"ヒットの可能性があるコンテンツを、現実的に完成させられる態勢"が整った訳だ。それは、有効な説得材料になるだろう。つまり問題は、キャッシュフロー１点に絞られるんだから。大村さん、俺たちは明日からパワーポイントで実抜計画の作成に取りかかろう」
「信金から提出を求められてる書類を先に？」
「実抜計画は、ファンドに出資を申請する際の最も重要な審査書類にもなるんだよ。それに、金融機関にはどっちにしろ早めに提出しなくちゃいけない書類だし、作っておけば一石二鳥だろ。この書類を仕上げるまでに、１か月前後。随時公募をしていて、このプロジェクトを成功させるために一番相性が良さそうなファンドを見つけてエントリーし、審査に２か月から３か月。無事審査をクリアして、出資を受けられるのは……来年の２月。スムーズにいったとしても、ぎりぎりだな」
「高杉さん、よろしくお願いします！」
　深く頭を下げた晋二の腕を、万裕美がそっとつかんだ。
「がんばって！　あたしも明日から斎藤さんのとこに詰めて、仕様書をもっと詳しく、具体的に手直ししながら、ゲームシステム作りに取りかかってもらう」
「うん、やろう！」
　そんな２人の様子を、洋太郎はニヤニヤしながら眺めている。

げえむの王様

◆

　スクルドソフト本社ビルの２階で、かつて営業部の社員が座っていたデスクに並び、晋二と洋太郎はそれぞれのノートパソコンに向かっている。
　あれからもう１か月近く、２人は毎日この場所で顔を突き合わせながら実抜計画の作成に取り組み、内容をほぼ完成させつつあった。
　損益計算書、賃借対照表、キャッシュフロー計算書といった財務の把握に必須となる書類の数字をどういう風に見ていけばよいのか、晋二は洋太郎にイチから教わり、アドバイスを受けた。
　事業の概況、分析、悪化した財務が新作ソフトの開発・発売によって改善されていく根拠と具体的な計画、それに伴う金融機関への要請事項、行動計画表、中期収支計画、月次収支計画、中期財政計画、キャッシュフロー計画……。
　２人が計画書に記載する内容を一つ一つ点検し、議論し、結論づけた内容を、洋太郎がパワーポイントに書き込み、体裁を整えていく。
　作業は最終段階に入っており、晋二は"再生の断行を宣言"し、計画書の最終ページを締め括る経営理念の文言を、洋太郎は計画グラフの最後の１枚を作っている。
「なあ、大村さんて、今彼女いないんだろ？」
　せわしなくマウスを動かしている洋太郎が、液晶画面に顔を向けたまま聞いた。
「ええ、まあ……何です、急に？」
「万裕美のこと、どう思う？　……女として」
「えっ？　何ですか、急に！　そんな……」
「いや、傍目から見てて、何かいい感じなんだよなぁ。あいつの大村さんへの振る舞い方とかもさ」
「毎日タメ口であんなにきつく言われてるのに？　……でも、高杉さんの目にそう映ってるのなら、それはスクルドソフトや兄貴に対する彼女の思い入れが態度に出てるのかなぁ。いずれにせよ、彼女は俺のことなんか、個人的にはどうとも思っちゃいませんよ」
　それは、晋二の本音とは言えなかった。万裕美が、会社にとって必要不可欠の

存在であるというだけなく、何故か気になる存在になりつつあるのは、自分でも薄々感じている。
「思い入れねぇ……それだけなのかなぁ。身内の俺が言うのもなんだけど、あいつは顔やスタイルもまあそこそこの部類だし、頭もいい。昔から結構男にもモテてたし、男友達も大勢いたようなんだけど、うちの店には彼氏どころかボーイフレンドだって1人も連れてきたことがなかったんだぜ。それで、あの時、親父もお袋も相当あたふたしたんだ。あいつは根っから生真面目というかストイックというか、それにあの通り気も強いだろ。彼氏ができても、あんまり長続きしなかったようではあるんだけど……そんな万裕美が、いくら大事な交渉がうまくいって浮かれてたとか、帰りのついでだったとはいっても、家族のいる店に初めて男を……。うん、やっぱりあいつにとって大村さんは、これまでの男たちとどこか、何かが違ってるんじゃないかな」
　独り言をつぶやいているような洋太郎に、晋二は何と返していいかわからず、自分のノートパソコンを見つめながら沈黙した。
　そんな晋二を、洋太郎はチラッと横目で見て、微笑んだ。

◆

　一方、万裕美は、朝から夕方まで自宅で仕様書を細かく手直しし、画面表示させるテキストを書き加え、日暮れにはロンサムゲームスへ。ゲーム画面の進行状況を見つつ、仕様書通りに、または仕様書よりも見やすいグラフィックになっているかをチェック、さらにはプレイしやすいシステムにするためのアイデアを協議、そこで得られた結論をまとめて修正指示を出し、深夜に帰宅、という毎日が続いている。
　ロンサムゲームスには、斎藤が推薦したデバッグの達人・前原章が連日寝泊まりしてプログラミングを手伝っている。前原は、斎藤とほぼ同世代と思われる、でっぷりと太った愛想の良い男だった。手元には、いつもコーラの1.5リットルサイズペットボトルを置いている。
　斎藤と前原のプログラミング技術は、万裕美もこれまでに見たことのない驚くべきもので、11月中旬の時点で、マップ上でサイコロを振り、コマを進められる、

ごく大まかなプレイ画面はできあがっていた。

ただしプレイ画面とは言っても、表示されているデザインは黒い線画で描かれた単調な３次元モデルだけだ。このモデリングに、テクスチャと呼ばれる画像を壁紙のように貼り付ければ、質感が表現されたフルカラーの鮮やかなゲーム画面が完成するのだが、その作業に入るには、三佳が担当するイラストが必要になってくる。

彼女の描く絵が醸し出す、ほのぼのとした、ユーモラスな風合いは、キャラクターだけでなく、プレイヤーがコマを進めるマップにも活かすべきだと万裕美は思っていた。

日本地図を模したコミック調のマップ上に、ステージとなる４つの時代を代表するイラストを散りばめていく。

例えば戦国時代ならば、大坂城、安土城、小田原城といった代表的な巨大城郭に加え、あちこちで刀を振り上げる甲冑姿の武士、足軽たちをデフォルメしたイラストを。

当時、堺や博多といった一大貿易港を擁していた大阪と福岡には南蛮船、織田信長が3,000挺の鉄砲で武田勝頼を破った長篠の戦いの地・愛知には火縄銃、甲賀忍軍と伊賀忍軍を生んだ滋賀や三重には忍者、という具合に地方色のあるイラストも配する。

三佳からパソコンで送られてきたラフデザインを、万裕美と斎藤がチェックしたうえで修正依頼、というやり取りを何度も重ね、ようやく戦国時代と江戸時代の２つのステージのマップイラストと、この時代の偉人イラストの一部が完成しつつあった。

またこの時期、仕様書に目を通し、ゲームのイメージを頭の中で固めた山県からは、オープニングテーマと、プレイ中に流れるＢＧＭの一つが、シンセサイザーによる主旋律のみのデータで送られてきている。

親しみやすく、コミカルなメロディに重点が置かれたこれらの楽曲について、万裕美も斎藤も十分満足できる出来栄えと判断した。弦楽器や管楽器など必要なソフトウェア音源を追加して曲の仕上げに入るよう伝えると共に、残りの楽曲への早期着手も依頼する。

万裕美は、自分の守備範囲であるゲームデザインについても、日々改良を加え

ていた。

　その一つは移動ルート上のマスについてである。元々はどのステージも、江戸時代以前の日本の首都だった京の都、宿場町マス、城下町マス、巻物マスで構成するつもりだったが、平安時代と鎌倉時代については、初級ステージと位置づけしてマスの総数を削ることに決めた。

　戦国時代と江戸時代は、現代人にもわかる宿場町、城下町の名前をピックアップし、巻物マスを含めて北海道から九州まで500マス設けるが、平安時代と鎌倉時代は半分の250に減らす。

　また、マス数の大幅減に伴い、宿場町と城下町のマスではなく、古代律令制で定められた68か国の国府をマスとし、巻物マスに加えて、止まると所持金が減る関所マスを新たに散りばめた。

　かつて"日本六十余州"と呼ばれたように、奈良時代から江戸時代に至るまで、日本は60以上の国に区分されていた。例えば、山梨県は甲斐、滋賀県は近江、高知県は土佐であり、現在の都道府県よりもさらに細分化されていた愛知県東部を三河、愛知県西部を尾張、京都府にいたっては北東部を若狭、北部を丹後、中部を丹波、南部を山城と呼んでいた。こういった当時の地理を、ゲームに取り入れたのだ。

　関所は古代から存在し、中世には朝廷、武家、荘園領主、寺社がおのおの独自に設置し、通行税を徴収して旅人を苦しめた。関所マスは、それをモチーフにしている。

　しかし、戦国時代に入り各地の戦国大名が版図を広げ、経済活動を重視するようになると次第に廃止され、江戸時代にもわずかに残った関所では、通行手形さえ提示すれば金を支払わずに通過できるようになった。

　そこで、戦国時代のステージでは、いくつか設けてある関所マスが、プレイを進めるにつれ巻物マスに変化していく、という工夫も加えてみた。

　こんなアイデアが、万裕美の頭の中では次から次へとわき出していた。

　そして、この間の進捗状況は、万裕美から毎日メールで晋二に報告されていた。

　実抜計画が完成した直後、洋太郎は比較的新しい産業であり、独特なビジネスモデルと商慣行を形成するゲーム業界に理解と知識のあるマネージャーが所属し、随時募集を受け付けているような事業再生ファンドを探していたが、11月

下旬になって、ようやく一つの投資会社に見当をつけた。

大日本コーポレートリバイバル株式会社。

新宿区に本社があり、ファンドへの出資は、この会社のほかに、独立行政法人、都内の複数の金融機関などが名前を連ねている。

洋太郎がこの会社へのアプローチと交渉に乗り出す一方、晋二は営業と宣伝に注力することになった。

当面、早くに決断しなければならないのは、営業の方法についてである。発売の2か月前に受注を取りまとめるためには、そろそろ流通各社に対して動き出さなければならない。

これまでの流れからすると、販売委託をしているエンターマックスに引き続き営業の全権を任せることになるのだが、晋二はその態勢を継続させる気にはどうしてもなれなかった。

そもそも「8本」などという業界の歴史に残る最悪の受注数しか取れないでいて、平気な顔で年末年始商戦のせいにしているエンターマックスの営業には腹が立っていたし、スクルドソフトを見捨てた関をはじめ開発スタッフ全員が駆け込んだ先であることにも複雑な感情が生じている。

それに、エンターマックスの営業の立場からすれば、自社ソフトには自然と力が入るだろうが、他社ソフトとなれば二の次となるのも当然だろうと思った。

万裕美に相談するため、晋二はメールで連絡を取り、午後11時に「真田十勇士」で合流することにした。

深夜になっても、「真田十勇士」の店内には数人の常連客が残っていた。

万裕美から店に連絡があったようで、晋二は空けてあった奥のテーブルへ通された。

晋二の来店を聞いて、先に帰宅し、2階でくつろいでいた洋太郎も下りてきた。

幸恵が、ビールと一緒に、刺身の盛り合わせやトンカツ、焼き鳥の皿を次々と持ってきてテーブルに並べる。

「これはね、あたしとお父ちゃんからの差し入れ。万裕美もお腹を減らして帰ってくるって電話で言ってたから、一緒に食べて」

皿の中身を見た洋太郎が、思わず口をとがらせる。

「ちょっと母ちゃん、えらい待遇の差だよな。さっきの俺の晩飯のおかず、作り

置きの惣菜だけだったくせに」
「何をナマ言ってんだい。大村さんはね、スクルドソフトっていう会社を背負ってる社長さんなんだよ。ちょっとでも力つけてもらわなきゃ。お前も、万裕美も、大村さんを支えなきゃいけない立場なんだろ？　なら、文句言うのはちゃんと一丁前の働きをしてからにしな」
「全く、かなわねえな……。大村さん、親父とお袋にも相当気に入られてるようだな」
　洋太郎はそう言って、トンカツを一切れつまんで口に入れた。
　晋二が苦笑いしながら「すみません」とうなずいた時、息を切らして万裕美が店内に駆け込んできた。
「あたしとしたことが、10分の遅刻！　ごめんなさい！　ロンサムゲームスから出る間際に、斎藤さんが全体マップの出来をチェックしてくれって言うもんだから……」
「大丈夫だよ、そんなに待ってないから」
「ホントに？　良かった。久しぶり……ね」
　こぼれるような笑顔の万裕美につられて、晋二も破顔した。
「ああ、直に会うのは２週間ぶりかな」
　クックックッ……。そんな２人の横で、洋太郎が笑いを堪えている。
「何よ、兄貴？」
「お前たち見てるとさ、デートで待ち合わせしてたカップルみたいだから……つい吹き出しちゃってな」
「な、何言い出すのよ！　バカじゃない！？　あたしたちがどうして！　そもそも、こっちは朝から晩までゲーム作りにどっぷりつかって……」
　急に顔を紅潮させた万裕美は、ムキになって洋太郎に反論した。
　しかし晋二は、洋太郎の言葉に全く抵抗感を覚えなかった。彼女に対し、仲間意識とか連帯感とは異なる、不思議な感情が心の中で新たに醸成されつつある。
「実抜計画なんて、もっと早く作んなさいよ！」「ファンドからお金持ってこれる勝算はあるんでしょうね？」「いっつもへらへらしてて、腰が重いんだから……」機関銃のようにまくし立てながら詰め寄る万裕美に、洋太郎は両手を挙げて降参のポーズをとる。

「ごめんなさい！　やります、やります！　俺のことはわかったから、それよりも今日は大事な打ち合わせがあるんじゃないのか？　ねえ、大村さん！」

洋太郎に水を向けられて、晋二はこの店にやってきた本来の目的に頭を切り換えた。

「そう、営業についてなんだけど……俺が直接流通を回ってみようと思うんだ」

意外な言葉に、万裕美と洋太郎はまじまじと晋二を見た。

人が圧倒的に足りない現状において、営業はエンターマックスに任せるしかないだろうと2人とも思っていたからだ。

「やるって言っても、大村さん、営業なんかやったことあるのかい？」

「ありませんよ。でも、人と話したり、交渉したりするのは、記者時代から結構慣れてるし、できなくはないと思うんです。それに、俺たちが精魂込めて作った商品を、人任せにしたくない。もしも、万が一にですよ、流通各社に認めてもらえなかったとしても、自分たちでベストを尽くした結果がそうなるのなら、納得もできるんじゃないですか？」

「確かに、エンターマックスには『パラドックスストーリー3』の時の苦い思い出が君たちにはあるからなぁ。今度だって、奴らが親身になって売ってくれる保証はないか……」

万裕美はしばらくうつむいて考え込んでいたが、やがてゆっくりと顔を上げて晋二と視線を合わせた。

「あたしも、営業は自社でやるべきだと思う。それに、今作ってるゲームは、市場でまかり通ってる常識へのアンチテーゼでもあるわ。法人には意図をきちんと説明して、納得してもらわなくちゃいけないのに、大ヒットシリーズにあぐらをかいてて現状を良しとしてるメーカーの営業が、そんなあたしたちの代弁をしてくれるはずがない。海千山千のバイヤーたちを説得するのは大変だろうけど……あなたに賛成する」

「ありがとう。俺、頑張ってみるよ」

晋二と万裕美の間に割って入るのを恐縮しつつ、洋太郎が声を掛けた。

「ちょっと……質問なんだけど、エンターマックスを通さずに直販なんて、すぐにできるのか？　取引口座なんて、簡単には開かないぞ」

「それなら心配ない」万裕美が、即座に答えた。「エンターマックスとの委託契

約は１年ごとに更新されるようになってて、年末には期限が切れるはず。来年発売されるソフトの営業なら、年内に動き始めてもとやかく言われないわよ。それに、スクルドソフトは、３年前まで自社で営業をやってたの。経営のスリム化っていう名目の元、営業をエンターマックスに委託し、元々いた営業部の社員の多くはリストラされちゃったんだけど。だから、ほとんどの法人との取引口座はまだ生きてるわ」

　晋二は後から万裕美に聞かされたのだが、兄の晋一郎はこのリストラには強く反対したらしい。しかし、ゲーム開発の要となり、発言権が著しく増大していた関が強硬にリストラを主張し、晋一郎も逆らえなかった。もし逆らって機嫌を損ね、対立する事態になれば、この頃にはクリエイターとしての実績を積み、業界内でも名前が知られるようになっていた関は会社を飛び出し、他のメーカーに転職しかねなかったからだ。関が営業部の解体に固執したのは、開発部にスリム化の影響を及ぼさないため、つまり自分の直接の部下の首を切らないようにするための先手だった、とも推測されている。

「相談したいこと、もう一つあるんだ。タイトルの名前」

　晋二がずっと気になっていたのは、ゲームのタイトルについてだった。

「歴史探検すごろく」というネーミングは一応仮称ということになっているが、このまま正式名にするのはどうかと感じていた。

「歴史っていう単語は、歴史好きな人のアンテナにすぐ引っ掛かって、興味を持ってもらえるかもしれないけど、そうでない人にはこの文句だけでアレルギーというか、小難しそうなイメージを与えそうな気がする。年齢性別関係なくいろんな人に、家族や友達同士でプレイしてもらいたいゲームなんだから、プレイヤーの中にはこれまで歴史に関心がなかったり、苦手だったりしたような人にも加わってもらって、自然と歴史に馴染んでもらえるようにしなきゃいけないと思うんだ。なるべく先入観をもたれないよう、それでいてこっちの狙いがきちんと伝わるようなタイトルにしなくちゃ」

「そこまで言うんなら、もう考えてきてるんでしょ？　あなたのタイトル案、言ってみて」

「おう、俺も聞きたいな」

　晋二が新聞社で最後に所属していたのは、記事に見出しをつけて紙面をレイア

ウトする編集センターだった。ベタ記事と呼ばれる100字、200字程度の小さな原稿から、連載や特集記事などの2千字、3千字に及ぶ原稿まで、誰でも一目見て記事の内容がわかる十数文字の見出しを付ける作業は、広告のキャッチコピーを考えるのと本質的によく似た仕事と言える。編集センターに在籍していた2年間、晋二が付けた見出しは、毎日厳しい目で記事をチェックしている編集局長や、編集局内で記事の出来不出来を痛烈に批評する記事審査委員会のメンバーをしばしばうならせていた。

　商品の名前を付けた経験はないが、晋二の頭にはゲームの正式名称案が次々と浮かんできていた。その中で、一番良いと思ったタイトルがあった。
「『ファミリーすごろく・ヒストリーラウンダー』……どうだろう？」
「確かに、ファミリーすごろくってのは、わかりやすいよな。歴史って単語は取り除いて、英語で表現か。タイムスリップものの映画みたいなタイトルだね」
　洋太郎がまんざらでもない表情で、万裕美に目をやった。
「これも……」万裕美は一呼吸置いてから口元を緩めた。「あなたに賛成しとく」
　ゲームの正式名称が決まった翌日から、晋二の営業活動が始まった。
　この夜、晋二に対する万裕美の呼び方が「あんた」から「あなた」に変わったことを、晋二も、当の万裕美も全く意識していなかった。

◆

　「真田十勇士」での打ち合わせの翌日から、洋太郎は大日本コーポレートリバイバルに日参を開始し、晋二は本社ビルで営業用のリリース作りに取りかかった。ソフトの発売日は、打ち合わせの席上、4月3日と決定した。
　毎日実家とロンサムゲームスの間を往復しながら、寸暇を惜しんでゲームの制作に取り組んでいる万裕美に余計な仕事をさせるのは気が引けたが、リリース作りに必要な画面素材を最低でも数点、メールで送ってくれるよう晋二は頼んでいる。
　突貫工事が続く制作現場では、完成したと言えるゲーム画面はまだ1枚もできていない。しかし、ゲーム画面が1枚もないリリースでは、バイヤーも判断のしようがないだろう。

そこで、万裕美からは「画面は開発中のものです」の断りを必ず記載するよう念を押された上で、比較的完成に近付いている戦国時代ステージの中から、全体マップ、部分マップ、イベント発生画面、さらに三佳が描いた織田信長、豊臣秀吉、徳川家康といった戦国武将キャラクターのイラストなど計10点の画像が送られてきた。

　こられの画像を全て使って、Ａ４判ペラ２枚のリリースを完成させた。文字数は極力少なく、それでいてゲームの内容をわかりやすく書くのは晋二にとってお手の物だ。リリースの書き方についても、新聞記者時代に膨大な数の自治体、企業、団体などから送られてくる広報資料を目にして、どんな風にすれば目に付きやすいか、読みやすいかは心得ている。

　これからアプローチしなければならないのは、小売店ではなく、問屋のバイヤーである。

　サンライズ・コンピュータやメガロポリスソフトのハード向けにソフトを発売する場合、メーカーはソフトの製造を上記２社に委託し、全国の小売店に直販するのが基本的な流れだ。

　しかし、宝善堂向けソフトの場合になると、メーカーはソフトの製造を宝善堂に委託するところまでは同じだが、できあがったソフトの販売相手は宝善堂と特約する１次問屋に限られていた。そこから２次問屋を経て、スーパー、家電量販店、百貨店、ゲーム専門店、玩具店、コンビニといった小売店へと流れる仕組みである。

　一次問屋の数は、50社以上にのぼるが、全国に流通するゲームソフトの大半は、そのうちの主要問屋10社が取り扱う。宝善堂ハード用のソフトを売る際には、これらの主要問屋をカバーしさえすれば、国内の津々浦々まで流通させられるという理屈になる。いちいち全国の小売店のバイヤーを訪ね歩くのは、相当なマンパワーと時間が必要となるが、宝善堂の流通システムならば、晋二１人でも何とかなりそうだった。

　ただし、各問屋のソフトメーカー窓口は誰なのか、そんな基本的なことも全くわからない。会社の代表に電話をかけ、仕入部門につないでもらい、担当者を呼び出し、商談のアポイントメントを入れるしかないのだが、これがまた容易ではなかった。

連日10社、20社、30社と商談を重ね、社内ミーティングをこなし、分単位でスケジュールを動かしているバイヤーを電話でつかまえるのは至難の業であり、運良く電話口に出てもらえたとしても、会える約束は早くて1週間、普通なら半月先のことになる。
　一番最初の商談をどうにか約束できたのは、12月に入ってからだった。東京都港区港南に本社がある、マウントエンター株式会社。主要問屋の中でも売上上位に位置する大手である。
　満を持して会社を訪問した晋二に面会したのは、マーチャンダイジング部チーフマネージャーの増田浩史という男だ。
「このご時世に自社流通を復活されるとは、なかなか勇気のいることですな。しかも、社長さん自ら足を運んでくださるとは、こちらが恐縮してしまいます。電話でもお聞きした、取引口座の再開は容易いお話です。ただ、我々からすると……エンターマックスさんのような大手ソフトメーカーに、営業委託した複数のソフトメーカーのタイトルも全部持ってきてもらって一度に商談させてもらう方が、効率的なんですがねぇ」
　言葉遣いは丁寧だが、中身は嫌みと皮肉に満ちている。だが、こんなことでへそを曲げてはいられない。買う立場と、買ってもらう立場の間には、動かしがたいヒエラルキーが存在している。晋二はあくまでも腰を低く構え、リリースの説明に入った。
　聞き終えた増田の顔には、あからさまに否定的な表情が見て取れる。
「大村社長、今更ＷＯＯ用のソフトを出して、どうするつもりですか？　宝善堂さんの据置ハードなら、今はどこの店もＷＯＯ・ＹＯＵの全面押しなんですよ？　そもそもＷＯＯ用ソフトの棚なんか大幅に縮小されて、小規模な店だったら撤去してる所だってあります。店頭がそんな状況なのに、どうやってＷＯＯ用のソフトを店に置けって言うんです？」
「しかし、ＷＯＯ・ＹＯＵの販売台数は、国内でまだ200万台程度ですよね？　しかし、ＷＯＯは1,300万台も売れてるんです。多くの家庭がまだＷＯＯ用のソフトを待ち望んでいるのは確かです！」
「ＷＯＯの新たなソフトなんて、市場は望んでますかねぇ？　結局のところＷＯＯは、『スーパーマスタッシュブラザーズ』『ＷＯＯ・ヘルシー』『ＷＯＯスポーツ』

『マスタッシュカートＷＯＯ』の専用機のようになってしまった。ユーザーがそれ以外のソフトを求めていないことの表れです。だからこそ、新たなハードで、多様なソフトを遊べるようになったＷＯＯ・ＹＯＵを私たちは売っていかなければならない」

「おっしゃる意味は重々承知していますが、既存のＷＯＯユーザーをフォローするメーカーが、１社くらいはなくてはいけません。だからこそ、宝善堂さんはこのゲームにゴーサインをくださったんですから」

「そこまでおっしゃるなら、宣伝プランをお聞かせください。テレビのゴールデンタイムには、それなりに大量のＣＭを投下されるんでしょうな？『週刊ゲームレビュー』には、何号から何号まで広告を入れるんですか？」

「民放や『週刊ゲームレビュー』といったマスメディアを使った広告展開は、今のところ考えていません」

　それは規定の方針だし、先立つものもない。

　万裕美からゲーム業界の宣伝手法に関する問題点を聞かされてからというもの、晋二はゲームを売るための宣伝方法について自分なりに考え、マーケティングや広告の専門書を読みあさって研究もしてきた。これまでゲーム業界とは関係のない世界にいたからこそ、気付くことも多かった。

　万裕美が指摘していたのは、今の消費者がＣＭや広告をスルーしているという現実だ。15秒や30秒のＣＭで伝えられるのは、せいぜいゲームのイメージだけ。それを象徴するように、現在のＤＶＤデッキやブルーレイデッキには、再生時にＣＭを飛ばす機能、ダビング時にＣＭ部分を削除する機能などが大抵備えられている。こんな現実を知ってか知らずか、日本の企業は今もＣＭを宣伝の最有力ツールとしてありがたがり、予算さえあればせっせと投下し続けている。

　新聞や雑誌の広告、特に純広と呼ばれるキャッチコピー・デザイン重視の広告も似たり寄ったりだと言えよう。そこには、ユーザーが本当に知りたい情報、ゲームであれば、どんな内容なのか、どう遊ぶのか、プレイして面白いのか、といった核心が欠落している。日本有数のマスメディアに在籍し、"広告は量である"という社内での"常識"には時として疑問を感じていただけに、万裕美の主張には共感もできた。

　読んだ本や資料の中で、最も大きなインパクトを受けたのは、1960年代の時

点ですでにマス・コミュニケーションの本質に切り込んでいたアメリカの社会学者ラザース・フェルドらが提唱する「情報の2段階流れ論」だろう。

　生活必需品は別として、消費者は、ＣＭや広告で新商品が出ることを知っただけでは、購買行動を起こさない。それが自分に必要な物なのかどうか吟味・評価し、納得して初めて「買う」決断をする。

　認知から購買へと直結する1段階ではなく、認知から吟味を経て購買に至る2段階。それこそが購買行動の本質なのだと、晋二は気付いた。

「はあ？」増田は呆れるような声を出した。「ＣＭはやらない、『週刊ゲームレビュー』にも出稿しない。それで、どうやって宣伝するんです？」

「紙媒体では、まず『月刊電脳遊ギ広場』とタイアップを組みます」

　晋二が口にした媒体名を聞いて、増田の攻撃的な姿勢がわずかに緩んだ。

◆

　「月刊電脳遊ギ広場」は、有限会社日進館という小さな出版社が発行している家庭用ゲーム専門のフリーペーパーだ。

　ゲームユーザー以外の人々には、ほとんど認知されていない媒体ではあるが、万裕美はバイヤーとのアポイントが入り出す12月までに、時間があればこの情報誌の編集室を訪ねてみてはどうかというアドバイスを晋二に与えていた。

　「週刊ゲームレビュー」に対する万裕美の評価はかなり低いが、この「月刊電脳遊ギ広場」ならば、自分たちが作っているゲームとの相性がいいかもしれない、と言うのである。

　「月刊電脳遊ギ広場」は、発行部数40万部。フリーペーパーの発行部数とすれば、そこそこ大きな部類に入るが、注目すべきはこれが全国で、しかも共通の誌面内容で配布されている、という点だ。

　日本のフリーペーパーの大半は、エリア情報誌という性格を有している。それは、収入源であるクライアントが、地域の企業や店に限定されているからでもある。ところが、「月刊電脳遊ギ広場」の場合は、クライアントに国内全域でのＰＲ効果を求めるゲームメーカーを取り込むことで、全国版のフリーペーパーを実現させていた。

それだけではない。フリーペーパーの配布は、主に人の集まる場所で自由に取れるよう設置するか、人が手配りするか、指定エリア内の住宅ポストに専門の業者を介して投函するか、という方法がメインだが、この情報誌は全国のゲーム売り場で"配布してもらう"という革新的な手法を実施していた。

　このシステムを発案し、構築したのが、日進館の社長であり、「月刊電脳遊ギ広場」編集長の木戸智である。

　ゲームメディアが成熟していないという現実を逆手に取り、男女を問わず、幅広い年齢層を読者に想定した全国で唯一のゲーム情報誌という触れ込みで、「これを店頭で配布することによって顧客サービスとなり、販売促進にもつながる」と木戸が法人のバイヤーたちを1人また1人と説得して回り、とうとう大手の家電量販店、大型スーパー、ゲームショップチェーンなどで配られる"マスメディア"に成長させてしまったのだ。

　これが、顧客に十分な情報が行き渡り、配布などという余計な手間を掛けなくても済む家電商品や生活用品だったなら、こうはうまくいかなかっただろう。家庭用ゲームという特殊な商材だったからこそである。

　木戸は出版畑一筋に歩んできた男で、誌面内容の質の高さは通常のフリーペーパーをはるかに凌いでいた。結果、手にした客の評判は上々で、多くの店舗では、スペースを作って設置するだけでなく、客の購入袋の中に封入したり、手渡ししたりして配布するようにもなったという。通常、購入袋への宣伝チラシの配布は有料だが、販促物扱いなので、日進館は一銭も金銭的な負担はしていない。これは、フリーペーパーの発行形態としては、信じられないほど理想的な形と言える。

　読者層は男女ほぼ半々で、10代の中学生から50代、60代のシニア層までがほぼ均等に入っている。そんなゲーム誌は、かつて日本に存在しなかった。

　流通サイドの支持を得られ、狙い通りの読者層を固めたことによって、多数のゲームメーカーが「月刊電脳遊ギ広場」をマスメディアとして認め、宣伝予算を割くようになった。しかしその割合は、ＣＭや「週刊ゲームレビュー」に割り当てている額と比較すればごくごくわずかである。メーカーの宣伝担当者の目から見れば、フリーペーパーは格下のメディア、あくまでもフォロー用のメディアという意識がぬぐい去れないのだろう。しかし、万裕美は「決してそうは思えない」と言い、晋二も同感だった。

マウントエンターを訪問する１週間前、晋二は「月刊電脳遊ギ広場」を発行する日進館に木戸を訪ねていた。
　東京都中央区新富町にある小さな雑居ビルの５階に、そのオフィスはあった。在勤する社員は、木戸を含め５人しかいない。
　対面した木戸は、背が高く、顎に無精髭をはやし、見るからにエネルギッシュな中年男だった。
　ゲームの内容を熱く語った晋二は、本題を切り出した。
「御誌は、ゲーム業界では希有な幅広い年代の読者層、つまりそれはファミリー層とも言える読者を抱えておられます。『ファミリーすごろく』は、この読者にぴったりのはずです。是非とも誌面で扱ってもらえないでしょうか？」
　手にするリリースから晋二に視線を移した木戸は、微妙な笑顔を見せた。
「大村さん、フリーペーパーの収入源が何かはご存じですよね？」
「それは……広告ということに……」
「その通り。うちの誌面を見てください。広告の割合、わかります？」
　晋二は、ソファの前のテーブルに置かれている見本誌を手に取った。
　タブロイド判16ページのうち、全面広告が３ページ、紙面の下部約４分の１の広告が７ページ……それだけである。
「いわゆる純広は、見てもらった通りですが、たったそれだけの広告じゃ、この紙面を編集し、何十万部も印刷する費用は捻出できません」
「えっ？　じゃあ、どうやってペイさせてるんですか？」
「記事広告ですよ。純広を除き、この誌面の５割から６割は記事広告なんです」
「これらの記事、広告なんですか？」
「ええ、広告に見えないようにしつらえてますがね。ゲームをわかりやすい、読みやすい文章にして紹介、解説してるんです。もちろん、何でもかんでも記事広告にしてるんじゃありません。事前にこちらでゲームをプレイさせてもらい、面白いと思えるもの、質が低くて買ったお客さんが失望しないようなものと見定めたうえで、タイアップさせていただいてるんですよ。『ファミリーすごろく』は、おっしゃる通り、うちの読者にぴったりのソフトじゃないかと思います。タイアップは、こちらからお願いしたいくらいです」
　木戸が、１枚ペラのタイアップ料金表を晋二に渡した。

1ページを横全10段にわけ、1段あたりのタイアップ料金は10万円から……。発行部数からすれば、かなり良心的な料金設定ではあるのだろうが、たった1段でもとてもすぐに支払える金額ではない。
　大きなため息をついた後、晋二は硬い表情のまま木戸の目を見た。
「とてもお恥ずかしい話なんですが、うちには宣伝予算がまるっきりないんです」
「はあ？　まるっきり？」
　木戸が呆れたような顔になった。
「宣伝予算もなくてどうやって全国にＰＲするんだと、お笑いになると思いますが、それが今のスクルドソフトの現状で……」
　さすがに、どこでどう漏れたり、誤って伝わったりするかわからないメディア関係者の前で、全てを打ち明けられず、晋二は口ごもった。
「まあそりゃ、どこのメーカーだって台所事情が厳しいのはわかってますよ。メーカーだけじゃない。うちみたいな出版社も同じです。特にこの業界は出版不況が長く続いて、紙の情報誌はどんどん休刊、廃刊してる。フリーペーパーも一時は勢いがあったけど、あらゆルジャンルにネットの無料情報サイトがどんどん進出してるうえに、企業もＣＭ以外の宣伝費をネットに集中投下する傾向にあるもんだから、早晩同じ運命を辿るでしょう。うちも、ネットでのデジタル化と、紙での印刷を続けるかどうかが大きな課題になってます」
　そう言われても、晋二にはため息で答えるしかない。
「それにしても、スクルドソフトさんの噂、本当でしたか……」
「噂って、どんな？　……」
「年末発売予定の新作ソフトの発注本数が、たったの8本。経営は火の車。開発陣は逃げ出して、そっくりそのままエンターマックスに移籍。その他の役員、社員も全員退職……」
「ま、まさか、そんな話をどこで？」
「業界は狭いからね。『月刊電脳遊ギ広場』を創刊して、もう15年。それだけメディアの仕事を続けてりゃ、どんな小さなうわさ話だって、いろんなところから入ってきますよ。しかも、業界の連中が好きそうなゴシップネタとなれば、余計に」
「そう……でしたか……」

こんな醜聞を耳にしていて、わざわざ組んでくれるようなメディアはないだろう。
　晋二は、横に置いていた鞄を引き寄せ、帰り支度を始めた。
「あれ、もう帰っちゃうんですか？」
「だって、宣伝費の一銭もないうちみたいな会社がメディアと組むなんて、やっぱり無理な話ですから」
「そうかな……」
　木戸の意外なリアクションに、晋二は動きを止めた。
「会社がそんな最悪の状況に陥ってるのに、この『ファミリーすごろく』、よく立ち上げたなあって、俺は感心してるんですよ。恐らく外部のスタッフをかき集めて作業してるんだろうが、倒産寸前の会社に好んで力を貸すクリエイターはまずいない。多分、このゲームの企画に惚れ込んだ連中が集まってきてるんでしょ？　特に、開発の中枢に位置するプログラミングなんかのスタッフは」
　木戸の鋭い推測に、晋二は思わずこくりとした。
「俺もその気持ち……わかりますよ。ゲームが、家族や友人同士のコミュニケーションを育む。それって、この情報誌を創刊した時、ゲームの"効能"として俺が一番世間に訴えたかったことなんだから」
「…………」
　木戸は、腕組みをしてほんの少し考えてから、顔を上げた。
「じゃあ、こうしましょう。誌面の８割以上は純広や記事広告が占めているが、残りの２割弱は純粋な記事です。その中で、うちはユーザーズボイスのコーナーにそこそこのスペースを取っています。そこで『ファミリーすごろく』の特集を発売直後から一定期間、例えば半年間ほどやらせてもらうというのはどうです？」
「ユーザーズボイスですか？」
「うちは、全国に約３千人の読者モニター会員を持っています。いろんな世代の人たちがプレイした率直なゲームの感想を、そこで掲載してるんですよ。口コミの力は偉大でね。ここで高く評価されれば、大きな宣伝効果を生むでしょう。でも反対に、面白くないと書かれれば、大きなダメージを受けることにもなる。諸刃の剣になるから、積極的にやろうって言うメーカーはなかなか出てこないんだけど、『ファミリーすごろく』の中身に自信があると言うのなら、やってみま

せんか？　ちなみにこのコーナーは、うちの誌面では断トツ人気です」
　口コミは、宣伝について考えるようになった晋二が一番興味を持ち、調べていた事柄だった。
　ユーザーがプレイした具体的な感想こそ、他のユーザーが知りたい情報であり、これを広く、わかりやすく伝えることが、宣伝に最も有効なのではないか、と。
　"口コミ"が宣伝に有効であるという思想は、何年も前から一部の有識者の間で取り上げられてきた。そして、インターネットが普及し、ネット上で流れる膨大な情報の中に、この"口コミ"が目立つようにもなっていった。
　ところが、これらの"口コミ"の中には、ウソやいい加減な内容、商品を売る側が仕込むヤラセが大量に流れ込む事態も招いた。ネットに表示された"口コミ"の真偽を一々選別するのは、不可能だ。結局、何を信じればよいのかがわからない。消費者は、再び"情報砂漠"の中に迷い込んでしまっている。
　だからこそ、一部のゲームメーカーが新しい宣伝手法として力を入れている、公式サイト、動画共有サービス、単文情報投稿サービス、ソーシャル・ネットワーキング・サービス（ＳＮＳ）を連動させたネットＰＲ作戦を、晋二は当初から無視した。大量のＣＭ、広告投下よりもはるかに安上がりな方法であるがゆえに、後に続くメーカーも増えてはいるが、ユーザーの購入動機にインパクトを与え、確かに売上が伸びて効果があったという具体的な実例とそのメカニズムはいまだ明らかにされていない。
　行き詰まりを見せている宣伝戦術に風穴を開けるには、店頭で地道なアピールを長期間粘り強くやってもらい、口コミを広げていくしかない。晋二は、そう確信していた。
「願ってもないことです！　発売直前にサンプルソフトが出来上がってきた時点で、読者モニターの皆さんにプレイしてもらってください。できる限りの本数は揃えます！」
「よし、決まった。じゃあ、その"声"がもし売上に貢献した時には、後々広告にも協力してくださいよ」
　木戸が笑顔で差し出した右手を、晋二は両手で強く握り締めた。

◆

　マウントエンターの卸し先は、主に大型スーパーや一部の家電量販店である。当然、それらの全店舗で無料配布されている「月刊電脳遊ギ広場」について、増田は知っているし、一定の販促効果があると理解はしていた。
　晋二は、増田に向かって話を続けた。
「これまでのゲームの宣伝のあり方に、我々は大いに疑問を持っています。ＣＭを打てば、『週刊ゲームレビュー』に広告を入れれば、ソフトは必ず売れるんですか？　家庭用ゲームの隆盛期はそうだったかもしれないが、今は決してそうじゃない。多額の宣伝予算を使っても、売れないソフトの方が多いじゃありませんか。それは、この業界が一つ覚えのように繰り返してきた宣伝手法に、問題があるからです。『月刊電脳遊ギ広場』では、このゲームをプレイした読者モニターの感想を発売直後の４月号から半年間掲載してもらいます。ゲームを実際にプレイした人たちが、このゲームにどんな感想を持ったか、家族や友人とプレイしてどんな風に盛り上がったのか、いわゆるユーザーズボイスですね。この中には我々に都合の良い自画自賛のボイスだけを抽出するようなことはしません。プレイして引っ掛かったこと、不満だったこと、要望すること……そんなゲームのデメリット情報も全て包み隠さず出してもらいます。従来の宣伝手法から見れば、これはタブーかもしれません。でも我々がこれから世に出そうとしているゲームには、自信があります。このやり方は、むしろユーザーにも好意を持って受け止められ、支持されると思うんです！」
「『月刊電脳遊ギ広場』ねえ……それだけですか？」
「いいえ、我々は、お店様にＰＲ効果の期待できる販促物を、長期間にわたってお届けする態勢も整えるつもりです。発売直前は、ゲームの内容をわかりやすく紹介するチラシや、どんな風にプレイするのかを見てもらう店頭モニター用のＤＶＤをお配りします。発売後は、弊社でも独自にゲームモニターを確保し、ユーザーズボイスを載せたチラシ、さらにはプレイするモニターたちの様子やインタビューを写した動画をＤＶＤにして、定期的にお届けしようと思ってるんです。こういった取り組みを、最低１年間は実施し、息長く売れ続けるソフトにできればと」

できる限り出費を抑えつつ、有効な宣伝手段を取るために行き着いたのが、この店頭販促プランだった。プランには、万裕美も全面的に賛同してくれている。
　熱のこもった晋二の説明ではあったが、増田の心には……届かなかった。
「そんなチラシやＤＶＤをもらったところで、どこの店でも倉庫でホコリを被るだけですよ。小売店には、毎月何十社ものメーカーから、発売中もしくは発売予定のポスター、チラシ、ＰＯＰ（立体販促ツール）がソフトごとに山のように届くんです。もちろん店の限られたスペースで、それらを全部並べられはしません。ＤＶＤだって、他社メーカーさんは似たような販促用ＤＶＤを作って送ってこられます。店頭モニターの数は限られてますし、こちらも当然流せるのはほんの一部。まあ、選ばれるのは売れ筋の有力タイトルになるでしょう。ゲーム売り場は、もともと商品の数が多くて、窮屈なレイアウトを強いられているから、新たにモニターを設置するスペースなんか、どこのお店もない。必然的に、大半のＤＶＤも倉庫に置かれたままとなり、しばらくしてから廃棄される。大村さんはＣＭや広告が無駄だと仰るが、あなたたちの方こそ、お金をドブに捨てるようなもんですな、ハッハッハッ」
　増田の無礼な物言いに、晋二はただ耐えるしかなかった。
　こんな反応では、とてもではないがまともな受注は期待できない。
　12月から翌年1月中旬までにかけて、晋二は残りの主要問屋と掛け合うために全国を飛び回った。

◆

　大阪市北区梅田にある一次問屋・株式会社エムエスジャパン。対応したのは、営業統括部長の木暮正夫。
「売れるとそこまで言わはるんやったら、実績を見せてもらわんことには」
「オリジナルの第一作ですから、過去の実績なんてありません。作品の中身を、評価していただきたいんです！」
「例えゲームが第一作目であったとしても、最近流行ってるライトノベルを原作にしてるとか、売れっ子イラストレーターが参加してるとか、フックになるもんが何にもあらへんのやから、判断のしようがないやないですか」

「子供からお年寄りまでが誰でもすぐにプレイできて、反射神経や、既存のゲームの習熟度で優劣のつかないソフトを求めている人は、潜在的にたくさんいるはずなんです」

「これまでも、よそのメーカーさんから、ファミリー向けとか、誰でも気軽に遊べるとか、そんなキャッチフレーズのパーティーゲームは仰山出てきたけど、ほとんど売れませんでしたわ」

「ですからそれらは、本当にユーザー目線に立って作られたソフトではなかったということで……」

「だからとゆうて、おたくのゲームがユーザー目線で作られた、潜在的な需要を掘り起こす、本当の意味でのファミリー向けパーティーゲームやという証明はどこにありますの？」

「あと半月もすれば、テストプレイが可能なベータ版ができあがります。それを、じっくりとプレイしていただき……」

「そんなもん、いちいちじっくりとプレイしてる時間がありますかいな。こっちは、おたくらみたいに暇やありませんねん。ハードメーカーからは店頭キャンペーンの打ち合わせ、ソフトメーカーからは新作の説明、グッズメーカーからは売れ筋ハードやソフトに関連付けた周辺機器、アクセサリー、攻略グッズの売り込み。朝から晩まで、てんてこ舞いなんですわ」

「確かにこのゲームは、派手でリアルなグラフィックも使っていないし、人気の原作を用いた訳でもないし、ヒットしてるシリーズの続編でもありません。見た目、とても地味な作品でしょう。だからこそ、実際にプレイしてもらって初めて良さをわかっていただけるんです」

「どんだけプレイしても、旧ハードの、しかもオリジナル作品なんちゅうゲームが、今時売れますかいな。うちだけやのうて、他の問屋もよう手を付けまへんやろ。難しい話ですなぁ……」

◆

　北海道札幌市東区に管理本社、東京都新宿区四谷に営業本社がある一次問屋・株式会社アラキ。営業本部で応対に出たのは、入社2年目の新人バイヤー、北

山雅人。
「スクルドソフトさんは、年末商戦に発売予定だった『パラドックスストーリー3』を急きょ発売延期にされてますよね？」
「その節はご迷惑をおかけしてしまって……」
「いえいえ、うちはゼロ発注でしたから、何にも影響は受けてませんけどね。受注総数、ひどかったんでしょ？　今度の『ファミリーすごろく・ヒストリーラウンダー』ですか……これも、受注が悪かったら、結局また発売延期とかされるんじゃないですか？」
「まさか！　今度のゲームに、我々は社運を賭けてます。店頭に出てから売っていくための努力もこれまで以上に……」
「どうですかねぇ。御社には"前科"があるんだから」

◆

　愛知県名古屋市昭和区の一次問屋・石山玩具株式会社では、商品企画部長の大日方直弘がしょっちゅう腕時計を気にしながら、せわしなく面談した。
「リアルな盤面を使って遊ぶアナログのボードゲームは最近見直されてきて、売上を伸ばしてるみたいですが、テレビゲームでそんな物作って、本気で売れるとお考えなんですか？」
「今、どこのメーカーも作っていないからこそ、このゲームの存在意義があるんです。それに、既存ジャンルとしてはボードゲームに入るでしょうが、我々はコミュニケーションゲームだと思っています」
「コミュニケーションとは、インターネットに接続できて、国内だけでなく、世界中のユーザーと遊べるようにしてこそ標榜できるもんじゃないの？　そんな機能すら省いちゃって、コミュニケーションゲームだって言われてもねぇ」
　最初こそ敬語を使っていた大日方だったが、いつの間にかぞんざいな口調になっている。商談を早く終わりにしたいという感情が、ありありと窺える。
「ネットは遠く離れた人同士のコミュニケーションに革命的な恩恵を与えました。でも、我々は、すぐそばにいる大事な人たちとのコミュニケーションを育むためのゲームを世に出そうとしているんです。親子が、兄弟姉妹が、親戚が、友

人が、一緒にプレイすることで絆をより深められるような、もしその人たちとの間がぎくしゃくしているのであれば、プレイを通じてわだかまりやストレスやモヤモヤが、少しでも解消されるようなゲームです。それはお互いが同じ場所で面と向かってプレイするからこそ、相手の息遣いすらわかる距離にいるからこそ可能なゲームの"効能"になると信じています。会話だけがコミュニケーションじゃありません。一つのテレビ画面を前に肩を並べ、隣にいるプレイヤーのガッツポーズやため息に反応して笑ったり、胸を張ったり、そんな語らいにも入らないやり取りがコミュニケーションを肉付けすることもあるんです」
「……お題目は、とてもご立派なんだけど、そんなゲーム、買う人いるのかなぁ……」

◆

　他の問屋でも、リアクションは大同小異だった。熱っぽく語れば語るほど、空回りする。つまり、バイヤーの理解が得られず、手応えが全くないのだ。
「社内で検討はしますが、あまり期待しないでください」
　別れ際に言われた文句は、細かな表現に違いはあっても、内容はほとんど変わりがなかった。
　このままでは、半月後に出そろう一次問屋からの受注数は惨憺たる結果になるのは目に見えている。
　晋二は、有力小売店を直に当たろうと決意した。
　もしゲームを評価してくれれば、小売店が問屋に対して発注のプッシュをしてくれるかもしれない。
　ゲームの売上が突出して高い人気店となれば、都内の新宿、池袋、秋葉原に集中する大型家電量販店となる。
　そのゲーム売り場のマネージャーと話をするのは、問屋のバイヤーにアポイントメントを入れるよりも骨が折れた。
　開店から閉店までの間、売り場のレジにはひっきりなしに客が長い行列を作り、対応に終われるため、電話に出てもらうのはまず不可能。
　それならばと直接売り場を訪問するものの、やはり忙しそうに店内を飛び回っ

ているため、なかなか捕まえられない。やっとのことで名刺交換ができたと思ったら、数分も経たないうちに部下の従業員がやってきて指示を仰いだり、店頭に並んでいる自社タイトルの飾り付けを自主的に行うためにメーカーの営業担当が次々と訪ねてきたりで、落ち着いて話を聞いてもらえない。結局、問屋に後押しをしてもらうどころか、ゲームの内容を十分説明もできずに店を後にしなければならないパターンが続いた。

　この間にも、万裕美の報告によると制作は順調に進んでおり、特に斎藤と前原の驚異的な"技"によって、1月末までには戦国ステージと江戸ステージがほぼ完成するという見込みも立っていた。このゲームの場合、一つのステージのシステムさえきちんと構築されていれば、他のステージの様々な制作過程で流用や応用がきく。難易度の低い平安ステージや鎌倉ステージもほどなく形が見えてくるだろう。

　1月下旬に至り、晋二はリストアップした主要な都内の量販店を全て回り終えた。ゲーム売り場の責任者に会い、直談判まではできたものの、結局これといった成果は何一つあげられなかった。

　流通関係者がこれほどまで保守的な考えに囚われているとは、晋二にも想像がつかなかった。その原因は、どの法人のバイヤーも、主要店舗の従業員も、普段の仕事があまりにも多忙なことにある。特にバイヤーの場合、あれほど時間に追われていれば、ゲームソフトを一つ一つじっくりとプレイし、自身で入念に目利きしたうえで仕入れの可否や、仕入れる数量を決めるのはとても不可能だと実感した。

　問屋や小売店にとって、不良在庫ほど恐ろしいものはない。ゲームソフト数本を売って得た利益など、不良在庫が一つあれば吹き飛んでしまう。

　不良在庫を避けるため、時間がなく、商品知識も選択眼もないバイヤーが、仕入れるかどうかを決める基準として"過去に売れたタイトル"だけに頼るようになってしまったのも、確かにうなずけた。以前、万裕美が言っていた通りだ。

　しかし、このまま厳しい現実をただ受け入れているだけでは、せっかく完成に近付いている「ファミリーすごろく・ヒストリーラウンダー」も、『パラドックスストーリー3』の二の舞になるのは避けられない。自分の非力さが情けなくて、晋二は池袋にある小さな公園のベンチに腰を下ろして頭を抱えた。

この時、売上は主な家電量販店や大型スーパーチェーンに遠く及ばないだろうが、信義上からも挨拶に出向いておかなければならない小売店があったのを思い出した。

　ゲームズハッチ。

　千葉県市川市の地下鉄東西線・行徳駅前に本店があり、千葉北西部を中心に計8店舗を運営するゲーム専門店である。

　ただし、ゲームズハッチは、どこの地方にでも見かけるようなただのゲームショップではなかった。

　終戦直後から続く玩具店だったが、25年前から家庭用ゲームの専門店に切り替え、周辺エリアに支店を出していった。個人経営の小規模なローカルチェーンにもかかわらず、売上は数十店規模の中堅ゲームショップチェーンにも匹敵する。社長は長井喜一というが、ゲーム流通業界のご意見番的存在として知られ、店舗運営責任者とバイヤーを兼ねているのが妻・秋子である。

　ゲーム業界ではハードメーカーを指す「プラットフォームホルダー」といった仰々しい呼ばれ方をする宝善堂やサンライズ・コンピュータが、流通業者を招いて行う定期的な戦略説明会・新製品発表会において、秋子は演壇に立つ社長相手にも物怖じせず発言し、歯に衣着せぬ主張や要望を展開することでつとに有名だ。それが社長たちにとっては耳の痛い話であっても、秋子の指摘は大抵筋の通った正論であり、彼らは真摯に耳を傾け、丁寧に対応するのが常だった。業界の頂点に立つ人物がそうするのだから、サードパーティーである有力ソフトメーカーの経営陣や著名なクリエイターたちも次第に秋子に対して敬意を払うようになったという。

　宝善堂やサンライズ・コンピュータの社長にまでそんな態度を取らせるそもそもの理由は、家庭用ゲームの発展を長年支えてきた数少ない老舗であると同時に、1店舗あたりの売上が他のゲームショップなどと比べてはるかに上回る超優良小売店だという点だけでなく、誰からも愛される彼女の人柄にもあった。

　晋二が本店に電話を入れてみると、すぐに秋子が出て、今から30分ほどなら時間が取れる、と言ってくれた。

　初めて訪れたゲームズハッチの本店は、個人経営のゲーム専門店としてはかなり広いスペースを有していた。ハードごとにエリア分けされ、ゲーム機・ゲーム

ソフトをぎっしりと並べた陳列台だけでなく、最新ソフトをプレイできる試遊台が10台以上置かれている。
「あなたが、スクルドソフトの新しい社長さんね？」
　晋二が店内に足を踏み入れるなり、レジカウンターの中にいた快活な中年の女性がつかつかと歩み出てきて、自分が店長の長井だと名乗った。ネットなどで公表されている経歴から察すると、もう60歳近いはずなのに、見かけはかなり若々しく40代だと言われてもわからないほどだ。朗らかなしゃべり口調と親しみのこもった笑顔は、晋二が想像していた通り、人柄の良さをにじませている。
「それにしても、お兄さんのご不幸は突然だったわね。ゲーム業界は、惜しい人を失くしてしまって……晋一郎さんとのご縁が始まったのは、スーパーカセットコンピュータ用の『スペース・バトラー』が出た頃だったかしら……うちにとって初めての対戦イベントをやってくれたの。そりゃもう大盛況で、お客さんも随分喜んでくれて。それ以来、親しくさせてもらって、新作ソフトが出る度にうちでのイベントを企画してくれた。クリエイターにしてはアクの強くない、穏やかないい人だったのにねぇ……」
　晋一郎の葬儀には、秋子も弔問に訪れ、香典だけでなく、丁寧な供物まで贈ってくれていた。
　流通関係者の中でそこまでしてくれた者はいなかっただけに、秋子とゲームズハッチの名前は強く晋二の記憶に残ったし、後に『パラドックスストーリー3』で唯一の発注をしてくれた時も秋子と兄との間にはかつて強く温かい絆が結ばれていたのであろうと容易に推測できた。
　『パラドックスストーリー3』の発売延期を詫びる晋二に、「そんなのはよくあることですよ」と笑い飛ばした秋子は、真顔になってこう言った。「本当はもう少し発注したかったの。開発してたのは関さんだってわかってるけど、晋一郎さんは制作総指揮という肩書きであのソフトの全責任を背負ってたから。言わば、晋一郎さんの遺作だもの。でもねえ、事前に試遊させてもらって、あなたを前にして言うのは何だけど……面白くなかった。ゲームから発せられる"主張"が何にも感じられなかった。しかも、同じ発売時期に売れるのがわかってる大作が何本も重なってちゃあ、商売人にとって選択の余地はないわ。でも、各店には最低1本は置いて、売れればすぐに追加発注する心積もりではあったのよ」

晋一郎が亡くなるまで、そして亡くなった後も持ち続けてくれた秋子の情義が、晋二の胸にしみた。

　入り口からは学校帰りの小学生や中学生が次々と入ってくる。その都度、秋子は一人一人に明るく声を掛ける。

「お帰り！　注文してたソフト、今日入ったわよ」「この間、大事な本、忘れていったでしょ。カウンターで預かってるから」「さっきお母さんに会ったら、今日は用があるから早く帰ってきなさいって」「あのゲームの最終ステージの攻略法、やっぱり君が言ってた通り、パーティーの組み合わせ方にあるんだって。メーカーさんが言ってたわ」……。

　地元に密着し、相手が子供であろうと大人であろうと顧客とのコミュニケーションをとことん大切にした店作り。やろうと思って、誰でもできるものではない。これこそ、ゲームズハッチがゲーム業界で"伝説のゲームショップ"と賞賛される所以でもあった。

　この人には、この人にだけは、わかってもらいたい。そんな強い感情が沸き上がり、店内で立ったままの会話ではあったものの、晋二は秋子に「ファミリーすごろく・ヒストリーラウンダー」の企画意図と概要をひたむきに語った。言葉が、次から次へと流れるように飛び出してくる。その間、秋子はにこやかに何度も相づちを打つ。こんなプレゼンテーションは、今までの商談で経験がない。全く言いよどむことなく、思いを全て披瀝できた百点満点の出来である。

　手渡されたリリースに目を落としていた秋子が、顔を上げた。

「このゲーム……売りましょ」

「えっ？」

げえむの王様

「こういうゲームこそ、私たちがお客様に売らなくちゃいけないゲームなのよ」
「応援してくださるんですか？」
「します。とは言っても、あなたがあんまり良く思ってない最近のシリーズものは、あれはあれで私はゲーム市場にとって大事な商材だと思ってるし、これからも力を入れて売っていくつもりよ。出す度に何十万本も、何百万本も売れるゲームって、なんだかんだ言ってもちゃんと作り込まれてるもの。オリジナルの作品が出なくなったのは、個人的にとても寂しいし、良くない傾向なのもわかってる。でもこれまで、パッケージやオープニングアニメーションやキャラクターデザインだけ良くできてて、何にも面白くない駄作が、市場に出回りすぎたわね。ユーザーの立場からすると、１本数千円もするソフトを買うんだから、もう失敗したくないもの。買って間違いのない、安心できるシリーズ作だけにユーザーが偏っていったのも、自然の流れ。ただし、ゲーム業界は、そんな安易な状況に甘んじてちゃいけない。大村さん、あなたが世に出そうとしてるのは、とても意義のあるゲームだわ。それに、こういったゲームなら、うちのお客さんたちにも、家族みんなでプレイしてもらいたい、私もそう思う」
「ありがとうございます！　ありがとうございます！」

　問屋や小売店を回り、こんなに優しく、励まされる言葉を掛けられるのは、晋二にとって初めてだった。お礼の言葉しか出てこず、何度も何度も秋子に頭を下げているうちに、涙があふれ出てきた。

　そんな晋二の肩に、秋子がそっと手を置いた。
「うちの試遊台一つ空けるから、テストプレイできるロムが出来上がったら貸してちょうだい。お客さん同士で対戦プレイしてもらう。それと、このゲーム、私の方から宝善堂の一次問屋で仲のいいバイヤーたちにも押してあげるわ。ＷＯＯっていう一世代前の機種で、オリジナルのボードゲームとなれば、連中きっと尻込みしてると思う。そんな尻は、こっちから蹴飛ばしてやらないと」

　ゲーム流通業界の〝ご意見番〟から、思いも寄らないエールを受けて、折れかけていた晋二の心に微かな希望の光が射した。

　一次問屋に対する注文書の締切期日は、１週間後の１月末日。その日までに、秋子の後押しが、海千山千の問屋にどれほどの〝心変わり〟を及ぼしてくれているのか……。それは当日になってみなければ、わからなかった。

◆

　1月31日、スクルドソフト本社ビル・2階フロア。
　この日、一次問屋からの発注書が送られてくるということもあって、スタッフ全員がスクルドソフトに集合する予定になっていた。
　開発の状況は、平安ステージと鎌倉ステージが、グラフィックやテキストなどをコンピュータプログラム化して単純に合体させたバージョン・アルファ版の段階に到達。戦国ステージと江戸ステージに至っては、音声やＢＧＭなども含めてプログラムが一通り完成し、最後まで通してテストプレイが可能な最終試作バージョンのベータ版になっていた。万裕美が立てた工程表通りの順調な進み具合だ。
　この間、三佳は万裕美と斎藤から何度もだめ出しを食らいながらも、最終的には2人を十分満足させる全絵素材を描き上げた。
　山県も、決して本意ではない現状を打破すべく、この仕事に全力で取り組んだ。痩せても枯れても、プロだけのことはあった。子供向けコメディアニメの音楽を彷彿とさせる、軽快で陽気なテンポの楽曲と、1度聞いたら忘れられない特徴的な効果音を一つずつ生み出していった。それらはどれも、ゲームの雰囲気、さらには様々な場面ごとにぴったりとマッチしており、万裕美や斎藤の要望に応えて新たな才能を開花させていたのである。
　午前10時。会社に一番乗りしたのは、晋二だった。集合時間は、受注の連絡が入り始めると予想される正午だったが、朝早くに目が覚め、部屋にじっとしていられなかったのだ。がらんとしたフロアで1人、郵便物やファックスなどの整理をしていると、誰かが慌ただしく飛び込んできた。
「高杉さん！」
「おおっ！　やっぱりここに。そうじゃないかと思って、約束の時間より随分早いけど、俺も急いでここに来てみたんだよ。こればっかりはメールや携帯電話じゃなく、会って直接伝えたかったから」
　最寄り駅から走って来たらしく、洋太郎は肩で息をしている。
「一体、何があったんですか？」
　晋二の問い掛けに、洋太郎は大きく深呼吸してから白い歯を見せた。

「採用されたよ。事業再生ファンドの審査で！」

「それ、ホントに？　ホントにホントなんですか？」

「ああ、もちろん嘘なんかじゃない。さっき、ファンドのコーポレートマネージャーから直接俺の携帯に電話があった」

「それで金額は？」

「目標にしていた５千万円の満額は叶わなかったが、締めて2,500万円。つまり、ソフト１本の製造委託費を800円として、３万本作って、残りの百万は販促物製作と取扱説明のペラ印刷に充てられる計算だ。金の使途も、これらの目的のみに絞られる。今動いている開発スタッフの全員が、インセンティブ契約。販促は低予算でありながらも、店頭とフリーペーパーを中心にした地に足の着いた長期間の展開。可能な限りの企業努力をしてる。だから、必要最低限の援助が欲しいんだってことを嫌という程何度も説明したんでな。ファンドからは『じゃあうちが援助するのは、基本的に製造委託費だけでいいんだな？　それなら採用しようか』という話になってさ」

　４月３日を発売日とした場合、宝善堂への製造委託費の支払いは焦眉の問題となっている。ようやく、いろんな歯車がかみ合って動き出した。晋二にとって、目の前がパッと明るく開けたような瞬間だった。

「それだけの本数を作れる予算を確保できたのなら、御の字ですよ。店頭で品切れになって追加注文が来ても、３万本を売った利益で委託製造を繰り返していけばいいんですから」

「それにな、出資の方法についてだけど、大村さんが持ってる株の買い取りとか、増資とかは、しなくて済みそうだよ。金融機関での社債の発行で、クリアできる。年利率は超低金利の銀行預金なんかよりははるかに高めの７％だけど、これならファンドが経営に口を出したり、役員を送り込んできたりなんていうややこしいことも起こらないだろう」

「株を手放すのは、覚悟してたんですけど……こっちに都合のいい条件をよく飲んでくれましたね」

「会社を傾けたのは、旧経営陣だろ。今の体制は普通のメーカーとしてはあまりにも変則的ではあるけれども、大村さんや万裕美たちに任せるのがベストだ。そこんところを向こうの連中には繰り返し強調した。ゲームは製造業の中でも特殊

なモノづくり、特殊な商慣行に支配されていて、ファンドから業界によほど精通したスタッフを送り込まない限り、現状にマイナスの作用を与えるだけで、プラス要素にはならないだろう、っていう判断が働いたんだろうな」
「高杉さん、すごいです！　さすが、事業再生のプロ！」
　晋二は、興奮して思わず洋太郎の両腕をパンパンと強く叩いた。
「痛い、痛い！　まあファンドの奴らを説得するために、再三再四あの会社には通ったからな。今じゃ受付の綺麗なお姉さんたちともすっかり顔なじみになって、いつでも合コンに誘えるくらいの仲だ」
　照れ隠しに妙なエピソードを例にあげ、洋太郎は左手で頭をかいた。
　間もなく、洋太郎よりも早く自宅を出て、ロンサムゲームスに立ち寄っていた万裕美が、斎藤と前原を伴って、予定よりも早くフロアに入ってきた。
　大はしゃぎしている晋二と洋太郎を見て、万裕美は呆気にとられた。
「何？　どうしたの？」
　2人からファンドへの申請が採用されたと聞き、万裕美も跳び上がるようにして喜びを露わにした。
　横で聞いていた斎藤と前原も、笑顔でがっしりと握手する。
　このフロアに、笑い声が響いたのは、いつ以来だろうか。そんな感慨に浸っている暇もなく、万裕美がショルダーバッグの中から透明のケースに入った1枚のディスクを晋二に手渡した。
「ベーター版を収めたロムよ。プレイしてもらおうと思って」
　3階の開発フロアからＷＯＯとそっくりな外観をしている開発専用ハードと、4つのリモコン型コントローラーを持って下りてきた万裕美は、慣れた手つきで業務用の大型液晶テレビに複数のコードを繋いだ。開発途中のロムディスクは、この専用ハードでなければプレイできない。
　テレビに映し出されていくオープニングアニメーション、プレイヤー設定画面、そして戦国ステージのプレイ画面……製品版と言っても差し支えない仕上がり具合だった。
　最大4人まで同時対戦できるので、晋二、洋太郎、斎藤、前原がコントローラーを握ってテレビの前に椅子を移動させる。
　プレイスタート前、初心者のために画面上でルール説明してくれるお試しモー

ドを選択する。洋太郎はまさにこのゲームの初心者だし、毎日報告されるゲームの進捗状況だけは把握しているものの、実際にプレイはしたことのない晋二も、似たようなレベルである。

　にも関わらず、1時間半ほどのプレイで、優勝したのは洋太郎、準優勝は晋二だった。

　2人に共通したゲームの印象は、プレイしていると、あっという間に時間が経った、ということである。ゲームの中身を熟知している斎藤や前原でも、サイコロの目やその時々の運によっては負けてしまう。これは、ゲームが得意な人と不得手な人が混ざってプレイする多人数用のパーティーゲームとしては、理想的なバランスのシステムだ。

　手に入れた巻物を使って、自分のコマを有利にしたり、相手のコマを妨害したり……突如出現した豊臣秀吉に黄金をもらったり、徳川家康に所持金を取られたり。

　鉄砲の伝来、本能寺の変、関ヶ原の戦いなどの歴史イベントも随所に発生し、プレイヤーは良い影響や悪い影響をランダムに受ける。

　その都度「おいおい、何てことするんだよ」「ちょっと待って！」「お先に失礼」「覚えてろよ〜」「悔しいな〜〜〜」と多種多様な声が飛び出し、絶えず笑いに包まれた。

　いつの間にか、三佳や山県も顔をそろえ、万裕美と一緒にプレイの様子を感動の面持ちで見守っていた。
「私の描いた絵が、テレビの中で動いてる……」
「俺の作った曲も、その絵と一緒にテレビから聞こえてくるよ……」
　同時につぶやいた三佳と山県が、思わず顔を見合わせ、晴れやかな笑顔を交わした。
「しかし、ゲームって……こんなに面白いもんだったんだよな。随分長い間忘れてたぜ」
　洋太郎が、誰に言うでもなく、しみじみとつぶやいた。
「皆さんのお陰で、ここまでのゲームを作ることができて……」この場に集まった全員を見回し、頭を下げた晋二は言葉が詰まった。社員の大半に見限られ、到底不可能と思えたゲーム開発が外部の様々な人の力で動き出し、しかも、家庭用

ゲームとしては異例とも言える極めて短い期間で形作られ、今こうして日の目を見ようとしている。

　感無量だった。
「おいおい、まだ完成した訳じゃないんだから。感激してくれるのは、できあがった後にしてくれよ」斎藤が笑顔で口を挟んだ。
「そうよ。勝負はこれから」万裕美も横合いから言い添える。「売らなきゃ。大ヒットさせなきゃ、ゴールは見えてこないんだもの」
　晋二は、気を取り直し、斎藤に、万裕美に、力強く首を縦に振った。
「よーし、じゃあ問屋からの注文が集まってくるまで、ここでテレビでも見てるか。今、何か面白い番組やってたっけ」洋太郎がテレビ画面をゲーム用ビデオ入力から地上波デジタル放送に切り替えた時、デスクの上にあるファックス機の受信音が鳴った。

　その場にいた全員がハッとなり、引き寄せられるようにファックス機を取り巻く。

　壁に掛かった電波時計は、正午過ぎを示している。

　ゲームは新しい産業だが、流通を請け負う玩具問屋はルーツが江戸時代にまで遡る歴史の古い産業だ。インターネットが発達した現代においても、問屋の中には発注書をファックスで送ってくるところもある。

　誰の顔にも、期待と不安の色が入り交じっている。

　ゲーム流通業界の"ご意見番"たるゲームズハッチがバックアップを約束してくれた、という明るいニュースはすでに晋二からのメールで全員が知っていた。

　まさか、ひどい結果にはならないだろう。注目すべきは、どれほどの注文数が積み上がっているか……というのが共通した思いと願望でもあった。

　ファックス機から徐々に出てくる記録紙の先頭に、「マウントエンター株式会社」と印刷されているのが見えた。晋二が一番最初に訪問した１次問屋であり、ゲームズハッチはこの問屋と直接商品を取引している。

　晋二の話を聞く耳も持たなかった増田というチーフマネージャーは、その後ゲームズハッチからの突き上げを喰らって、一体どれほどの注文をしてきたのだろうか。会社の規模から考えて、４千本、いや５千本……。

　印刷を終えて排出された記録紙を急いで取り上げた晋二は、記された数字に目

を疑った。

「250本！？」

　晋二がつい口に出した数字を聞いて、周囲が一斉に息をのんだ。

　マウントエンターから2次問屋を経て商品が渡っていく小売店は、少なくとも全国に3千店はある。1店舗に最低1本置いたとしても、3千本にはなる計算だった。

　晋二が自分のノートパソコンでメールチェックすると、すでに数社からの発注依頼が届いていた。

　20本、30本、35本、40本……。

　予想を下回る……どころか、想像を絶する数字ばかりが続く。

　結局、午後3時過ぎまでに全一次問屋からの発注書が届き、注文数の総計は585本となった。

　『パラドックスストーリー3』の8本というギネスブック級の最悪受注数と比べれば、桁違いに多いのではあるが、それは比較する対象が間違っている。

　全国に、家庭用ゲームを扱う小売店は、2万数千店。一つの店に、たった1本入るだけで、受注は最低2万本には達するのである。『パラドックスストーリー3』はゲームの内容にも少なからず問題があっただろうが、年末商戦におけるビッグタイトルの集中こそがほとんどゼロ発注につながった最大の要因だと晋二は認識していた。

　多くのメーカーが決算の年度末としている3月は、改善の余地を残した不完全なソフトでも売上高を確保するため無理矢理発売に踏み切るケースもあり、年末年始に次いでタイトルが集中する月である。しかし、4月に入ると、その反動で新作ソフトのリリースラッシュは一転して落ち着きを取り戻す。そこまで宝善堂の小川がスクルドソフトを慮って発売月を指定してくれたかどうかまではわからないが、ビッグタイトルの発売時期と重ならず、知名度のない作品にとって比較的"安全"なシーズンとも言える4月ならば、そこそこの受注は見込めると晋二も万裕美も判断していた。

　部屋の中は、それまでの明るく希望に満ちた雰囲気から一変して、重苦しい空気に支配されていた。

「3万本作ったとして……」洋太郎がおずおずと口を開いた。「問屋が585本し

か引き取ってくれないとすると、残りの29,415本は……どうなる？」
「そりゃ、全部うちの会社の在庫になって、多分この建物のあらゆるスペースがソフトの詰まったダンボール箱で埋まっちゃうわね」万裕美が、無表情に答えた。
「店に並ばない商品を、どうやって売ればいいんだ？」
　独り言のように呻いた洋太郎に、今度は斎藤が応じた。
「スクルドソフトのオフィシャルサイトでの直販を含め、その他のオンラインショップで火が付くのを気長に待つか……交通費がかかるから関東以外の場所には行けないだろうけど、人が集まるエンタメ関連のイベントに参加しまくって、行商人みたいにして地道に現地販売するか……」
　確かにもはやそんな方法しか残されていないのだが、３万本近いソフトをさばく手段としてはあまりにも非現実的で、周りにいる人間の胸の内をますますどん底へと追いやった。
　そんな時、晋二のジャケットの内ポケットでスマホの着信音が鳴った。
　電話をかけてきたのは、ゲームズハッチの秋子だった。
「大村さん、ごめんなさい！」秋子の第一声は、そこから始まった。「もう問屋からの注文書が届いてる頃だろうけど、私の完全な力不足だったわ。うちの直の取引先になってるマウントエンターだけじゃなく、ほかの一次問屋にいるバイヤーの知り合いにも電話して、このソフトを随分押してみたんだけど……」
　秋子の話によると、国内での普及が思うように進まないＷＯＯ・ＹＯＵをてこ入れするため、新年度に入る４月以降はさらにＷＯＯ・ＹＯＵと専用ソフトの販売に注力するよう宝善堂の本社から一次問屋に強力な通達があったというのだ。そのために、旧ハードであるＷＯＯと専用ソフトのコーナーや棚は極力縮小、廃止し、空いたスペースをＷＯＯ・ＹＯＵに当てるよう、２次問屋や小売店に指導すべし、というのである。その音頭を取っているのが、どうやら宝善堂・開発本部の実務を取り仕切っている市ノ瀬らしい。
　90年代以降、国内の多くの業界において、メーカーが卸値だけを決めて、希望小売価格の設定を小売業者に委ねた「オープン価格制度」が採用されるようになり、それまでのメーカー主導の時代は小売り主導の時代へと変化していった。
　だが、ゲーム業界の場合は、そうならなかった。
　長年定着している買い取り制度は、その一因かもしれない。店頭に出せば必ず

売れるビッグタイトルを持つ国内メーカーは現在も 10 社以上存在する。小売店がそのメーカーたちと良好な関係を保っておかなければ、ビッグタイトルを売る時に必要とする数を十分に回してもらえない恐れが生まれる、というのがメーカー主導を許した最大の要因だろう。

　特に、新作をリリースすれば、100 万本、200 万本というミリオンセラーを記録する人気シリーズを複数擁している宝善堂のような巨大企業になれば、流通業者に及ぼすパワーは絶大なものとなる。彼らから問屋や小売店へ出される「要求」は、ほとんど「命令」と同じ意味合いを持つのだ。

「それに、どのバイヤーも、こういったファミリー向けのソフトは発売後一気に売れるジャンルじゃなく、じわじわと少しずつ店頭で売れていくものだから、焦って大量に仕入れる必要はないって言うのよね。ファミリー向けソフトの売れ方は確かにその通りだから一理あるんだけど、売れるのがわかってるソフトだけを並べておくのが店の使命じゃないわ。ニーズを掘り起こして、新たなお客様を増やしていくのも店の役割なんだって、結構粘ったんだけど……いくら私の助言でも、こればっかりは聞けないって言われちゃった。たくさん仕入れても、結局は数か月後にワゴンセールで二束三文の値段を付けて放出しなきゃならなくなるだけですよって、捨て台詞まで言われる始末よ……」

「そうですか……」晋二は、力なく相づちを打った。

「でもね、うちの店は応援する。本来ならこういったジャンルのソフトは多くても発注は数十本なんだけど、今回は 200 本注文を出したの。言った通り、本店だけじゃなく他の支店でも試遊台を使って大々的にアピールするし、発売後に作るって言ってたユーザーズボイスメインのＤＶＤや販促物も待ってるから、どんどん送ってちょうだい。頼むから……負けないでね」

　負けないで、という秋子の最後の一言が、晋二の胸に響いた。響きはしたが、この窮地をどう打開すればよいのか、検討もつかない。

　こんな時にはいつも的確なアドバイスを披露して苦境を救ってくれていた万裕美も、今回ばかりは何も良いアイデアが閃かないらしく、椅子に腰を下ろしたままうなだれている。

　せっかくここまでこぎ着けたプロジェクトではあったが、営業という最終段階で暗礁に乗り上げてしまった。このままでは、スクルドソフトを待ち受けるのは、

大量の在庫を抱えたまま倒産という結末しかなかった。

◆

　晋二と万裕美は、成田から松山へと向かう飛行機の中にいた。
　2人がこれから行こうとしているのは、松山空港から東北方向に約20キロ離れた愛媛県今治市だ。同市郊外には、愛媛県を代表する大手企業・株式会社ジャパンマーケット・オチの本社があった。
　テレビショッピングを核にした通信販売会社であり、創業者で代表取締役社長の越智靖昭が独特の伊予弁で商品をわかりやすく解説するスタイルが視聴者に支持され、今や通販業界の最大手として知られている。
　会社の敷地面積は東京ドーム3個分の広さを有し、本社ビルのほかに、物流センター、コールセンター、ハイビジョンで通販番組を制作・送信できる撮影スタジオまで備えていた。
　何故彼らがこの会社へ向かうことになったのか。
　それは前日、関係者全員が集まったスクルドソフト本社の2階フロアで、一次問屋からの絶望的な受注数に接し、誰もが茫然自失となっている最中だった。
　フロアには、テレビから流れる番組の音声だけが、空しく響いていた。
　大日本コーポレートリバイバルから出資される2,500万円は、使途の大半が製造委託費に限定されている。3万本近い在庫を、一体どう売りさばけばいいのか……晋二の頭の中は収拾が付かない状態で、回転していた。
　ならば、ファンドからの出資を断り、在庫を回避するという選択肢をとればどうなるだろう……。それは、ゲームのお蔵入りを意味する。インセンティブという破格の条件で開発に協力してくれた人たちの期待を裏切り、何の見返りも与えられず、もう誰も新たなゲームの制作に関わってくれることもなくなり、スクルドソフトはごく自然に破綻という道を歩むに違いない。そんな選択肢だけは、絶対に避けたい。
　考え込む晋二の目が、雑音を発し続けているテレビ画面にふと向けられた。
「あれは……」
　画面に映っているのは、ジャパンマーケット・オチのテレビショッピングだっ

た。

　自ら新しいデジタル一眼レフカメラの説明に立つ社長の越智が、どことなくおかしみのある伊予弁で語りかけてくる。

　その様子を見ていた晋二が、何かに気付いた。

「この通販が人気になった理由って、社長の個性とかもあるだろうけど……商品紹介の手法だよな……」

　晋二のつぶやきに、深刻な表情で黙り込んでいた万裕美や、他の面々が振り向いた。

「そうだよ。これって、"情報の2段階流れ論"の応用じゃないか！　この一眼レフだって、メーカーがやる宣伝と言えば、ＣＭを流して、店頭に置くカタログを作るくらいのもんだろ？　でも消費者は、ＣＭなんかの告知だけで購買行動を起こさない。自分に必要な物なのかどうか吟味・評価し、納得して初めて買う決断をする。今やってるテレビで語られてるのは、単なる商品紹介だけじゃない。どんな部分が新しくなったのか、使いやすくなったのか、ユーザーがこのカメラでどんなライフスタイルを楽しめるのか、そんな提案までしてる。売り手からのメッセージだから完全な生活者情報とは言えないけれど、これはこれで立派なユーザーズボイスの一種だ。テレビを通じてこんな風に使い方、楽しみ方を訴えられるのなら、『ファミリーすごろく・ヒストリーラウンダー』の良さだって、同じ方法で多くの人が理解してくれるんじゃないか？」

　そう言って目配りする晋二に、万裕美がはたと思い当たったように首を縦に振った。

「でもさ、テレビ通販でゲームなんて売ってくれるのか？　扱ってるのは、大抵生活家電かブランド品だろ」

　洋太郎が、横から口を出す。

「それは何とも……」と口ごもる晋二に、万裕美が歩み寄った。

「やってみなきゃ、わかんないわ。でももし実現するなら、あたしたちが見落としてた大きな流通ルートになる」

　万裕美の言葉に励まされ、晋二はその場でジャパンマーケット・オチに電話をかけた。仕入の部署に頼み込み、担当者が直近で対応できる日時としてピンポイントで指定されたのが、翌日午後2時から2時半までの30分だった。

松山空港からバス、電車を乗り継ぎ、ＪＲ今治駅からタクシーで東へ20分ほど走ると、山の麓にジャパンマーケット・オチの巨大な建物が見えてきた。
　2人が通された本社ビルの商談ルームに現れたのは、商品企画部チーフの向山悦子という30代半ばと思しき女性だった。
「わざわざこんな田舎まで来ていただきながら、弊社でお役に立てるかどうか」
　そんな挨拶を受けた時点で、晋二も万裕美もカチンときた。役に立てる、とは助けるという意味だ。スクルドソフトを助けてやれるかどうかわかりませんよ、とは明らかに上から目線である。
　それでも晋二と万裕美は、海外旅行用のスーツケースに詰め込んできた開発専用ゲーム機を室内のモニターに接続し、ゲーム画面を見せながら熱心に内容を説明した。一通り語り終えた2人に、向山は哀れむような視線を向けた。
「申し訳ないですけど……やはり、うちの取扱商品には合わないですねえ」
「どうしてですか？　ユーザーは、ファミリー層です。御社の顧客は男女を問わず20代から60代、70代までの幅広い層にわたってますよね」
「そりゃそうですが……実は8年前に、家庭用の携帯型ゲームソフトを扱ったことがあるんですよ。一世代昔のホーゼンドーD向けで大ヒットした『脳を活性化させるエクササイズ』。覚えておられます？　医学博士の監修を受けた、簡単なパズルや計算問題で、プレイすればするほど脳が若返るっていうんで、当時はお年寄りまで買い求めたっていう。あれを、うちの社長が気に入って、他のＭＣ（司会者・進行係）に任せず自分で商品をアピールしたんですけど、思ったより売れなくて。少なからず不良在庫まで出しちゃったんです。ゲームソフトって、買い取りでしょ。それ以来、うちの社長は一切ゲームを扱わない方針に変えましたから」
「でも」万裕美が割って入った。「それって、ブームが頂点に達して、需要が下り坂を迎えた時期じゃなかったんですか？　それに、ホーゼンドーDは携帯型ゲーム機、つまりパーソナルなハードで、あくまでも1人用のゲームです。うちの『ヒストリーラウンダー』は、複数で共に遊ぶことを前提とした家族向けの、コミュニケーションのためのゲームなんですよ？　コンセプトが全く違うんです！」
「そう言われましても、社で取り決めていることですし……」

「越智社長に会わせてください！」晋二が、堪らず語気を強めた。「このゲームに込めた私たちの意図を聞いてもらえれば、きっとご理解いただけると……」
　必死に食い下がろうとする２人に対して、向山の態度は冷徹だった。
「社長は基本的に商談の場には臨席いたしませんし、連日多忙を極めています。もうこれ以上はお話ししても無駄ですので、どうぞお引き取りください」
　２人が何度頭を下げ、懇願してみても、状況は変わらなかった。
　失意の晋二と万裕美は、来た道をタクシーで戻り、今治駅から松山駅に向かう列車に乗り込んだ。窓際にもたれるようにして外の景色をぼんやりと眺めていた万裕美が、ふいに顔を向かいの晋二に向けた。
「そうだ、ここまで来たのなら、松山医科大をのぞいてみましょうよ」
「医科大？　どこか体でも悪いの？」
「そうじゃないわよ。松山医科大には、精神科に吉田恵美っていう若い先生がいるはず。ゲームを敵視する精神科医や心理学者がたくさんいる中で、吉田先生は数少ないゲーム擁護派の人物で、テレビゲームは心を病んだ人の治療にも効果を及ぼすっていう理論を主張してるの。ゲームは悪だって、マスコミに決めつけられ、叩かれ続けてる中で、ゲームの業界団体だって機関誌でいろいろ反論はしてきた。残念ながらそっちの主張はマスコミが取り上げないから、一般の人たちには全然知られてないんだけど。その反論には、ゲームが人に及ぼす良い影響について研究している有識者の論文やコメントを引き合いに出していて、吉田先生の理論も度々紹介してる。ゲーム業界内ではちょっとした有名人だし、テレビ番組のコメンテーターとしてもちょくちょく顔を出してるわ」
「そんな人なら、是非会ってみたいよ。精神科医の観点から『ヒストリーラウンダー』にお墨付きがもらえるなら、それはすごく強力なアピール材料になるはずだ」
「そうね。忙しい人だから、急に訪ねても捕まえられないかもしれないけど、ダメもとで突撃しましょ」
　諦める訳にはいかない。何とかしなければならない。そんな思いが、精神的にも肉体的にもへとへとなはずの２人を突き動かしていた。

◆

松山医科大学は、松山市東部にそびえる観音山と松山自動車道とのほぼ中間点にある。
2人が松山駅に降り立った時、すでに午後4時を回っていた。晋二が大学に電話すると、30歳の若さで准教授を務め、臨床心理士として大学の付属病院で心理カウンセリングにも従事している吉田恵美は学生への研究指導を終えて、自分の研究室にいた。
　見知らぬ人間からの急な訪問の打診というのに、恵美は意外にも気軽に応じてくれた。午後6時までは資料調べで在室しているから、いつでも訪ねてくれて構わないという。ただし、それ以降は会合のため外出すると聞かされ、晋二と万裕美は急いでタクシーに飛び乗った。
　松山医科大の研究棟3階にある恵美の研究室は、狭いながらも整理の行き届いた小ぎれいな部屋だった。
「いらっしゃい。ゲームメーカーの方が来てくださるのは久しぶりです。嬉しいわ」
　こぼれるような笑顔で迎え、簡素なオフィスチェアを勧めた恵美は、手早くティーパックで3人分の紅茶を用意し、テーブルに置いた。
　晋二は少し戸惑った。何せこの数か月間、訪問してこんな風に歓待される場所などただの一つもなかったのだから。
　身近な人とのコミュニケーションをテーマにしたゲーム、と晋二が口にしただけで、恵美は2人の訪問の意図を素早く察した。
「精神科医としての視点から、私に新作ゲームの内容を評価してもらいたいんでしょ？　それなら、すぐにプレイさせて」
　そうくれば話は早い。室内にあった小さな液晶テレビに開発用ゲーム機を接続し、3人は戦国ステージでプレイを始めた。
　ルールを説明する万裕美に、うんうんと調子を合わせて聞いていた恵美の表情が次第に緩み、やがては晋二たちに対して昔からの友人だったような言葉遣いになっていく。和気あいあいとしたムードに包まれて、スタートから30分ほど経った頃になって、恵美がうなった。
「よくできてる……このゲーム、うちの付属病院で臨床研究に使いたいくらい」

「それ、ホントですか！」晋二が身を乗り出した。

「ええ、もちろん。使うボタンが少ないから、これならお年寄りでもすぐにプレイできそう。アクション要素を入れてないのも、不特定の人が参加するパーティーゲームとしては正解だと思う。歴史を題材としてるけど理屈っぽくないし、あくまですごろくゲームの演出に留めてるから、子供も純粋にゲームとして遊びながら、知らず知らずいろんな知識を得られるわね。そして何より……プレイヤー同士の心を繋ぐ内容になってる。これは、私のような仕事をしてる人間にとって、とても興味深いゲームだわ」

「テレビゲームは精神医療に治療効果を及ぼす。それが先生の持論ですよね？」今度は万裕美が引き取った。「この『ヒストリーラウンダー』は、先生の持論に叶うゲームだと太鼓判を押してくださると受け取っていいんですか？」

「うーん……確かに私はそういう風に思ってる。ゲームには癒し効果があり、精神医療にも役立つって。ゲームの多くは、病んでる心にも優しく入っていけるから。でも、それを論証するのは、簡単じゃない。私の手元にある臨床データだけじゃ、とてもゲームの効能を証明できないわ。今はまだ推測の段階。論文にするには、まだまだ時間がかかると思ってる。以前、ゲームの業界団体さんの機関誌に原稿も書かせてもらったけど、そこでもゲームの可能性について私的な体験と考えを述べただけで、このゲームに科学的な太鼓判を押すとなると……」

恵美は、寂しそうに微笑んだ。

「やっぱり、ダメですか……」晋二が気落ちしたのを見て、恵美は「でもね」と明るい声で励ました。

「テレビゲームに不思議な効能があるのは事実。自分の意に反して浮かんでくる不安や恐怖を抑えられず、気になって仕方のない人。あるいはそんな不安を打ち消そうとして、無意味な行為を繰り返す人。自分の暮らす世界に現実感がなく、身動きが取れなくなった人。自室に閉じこもって、幻聴などにも悩まされている人……。これまでに診てきたたくさんの患者さんの中で、ゲームがきっかけになって心が開いたケースや、良い影響を与えたケースが何度もあったの。逆に、悪影響を及ぼした例は、ほとんどなかった。あと何年先になるかわからないけど、きっと治療効果のメカニズムを解明してみせる」

元気付けたつもりでいた恵美だが、2人の表情はさえないままだ。

「その頃には、スクルドソフトはもうなくなってるかも」ぽつりと万裕美が告げた。
「それ、どういうこと？」
「実はうちの会社……」晋二が、言いにくそうに明かす。「もう半分倒れかかってるんですよ。このゲームが、再起するための最後のチャンスで。この愛媛にも、最後の頼みの綱にしてたジャパンマーケット・オチとの商談で来たんですが、不調で。売れないとなれば、残された道は会社をたたむしか……」
「まあ……」恵美は絶句した。
「でも、先生に面白いゲームだと言ってもらって、それはとても感謝してます」
　晋二が微かに頬を緩めて頭を下げると、万裕美も同じようにお辞儀した。
　無駄足は承知で、すがりつくような思いでここまで訪ねたものの、これ以上はこの部屋に居座っていてもどうにもならないだろう。
　晋二と万裕美がゲーム機を片付けようとした時、研究室のドアがノックされた。
　おずおずと入ってきたのは、40歳前後で身なりの整った端正な顔立ちの女性……と、その後ろに顔だけを出した小さな男の子だった。
「あら、健ちゃんとお母さん。来てくれたのね」
「先生、お邪魔してよろしかったんですか？」
「ええ、大丈夫ですよ」そう言って、恵美は晋二と万裕美に顔を向けた。「外来の患者さんなの。今日は診察日じゃないんだけど、この曜日の今の時間帯は比較的予定が入ってないから、気が向いたらいつでも遊びに来てくださいって言ってたのよ」
「所用で健太郎を連れて松山まで出てきたんですが、この子が先生の所に寄ってみたいって言うもんですから」
「へえ～。健ちゃんがそんなこと言ってくれるなんて、初めてじゃない。先生嬉しいわ。どう、先生とお話したくなったの？」
　恵美の問い掛けに、健太郎は右手の人差し指を口にくわえたまま、母親の後ろに顔を引っ込めた。母親は努めて笑顔を作っているが、どことなく暗いというか、思い詰めたような雰囲気を身にまとっている。
「来てくれたのに、お話はしてくれないんだ……」苦笑した恵美は、晋二と万裕美に耳打ちした。「健ちゃんは、自宅のお父さんやお母さんとは普通にしゃべら

れるのに、外に出ると家族以外の人とは一切口をきけなくなる病気なの。去年からこの病院に通院してて、もちろん私にだって一言も話してくれない。こういう症状は幼児にしばしば見られるんだけど、本当ならこの春からは小学１年生なのよ。でもこのままだと、周りの子たちと同じ小学校に入学するのはちょっと難しい」

　恵美は、親子を部屋に招き入れた。
「今日は東京のゲームメーカーの人が来てくださったの。でも、健ちゃんはお家ではゲームはしないんだったわよね」
　健太郎に向かって話しかける恵美に、「はい」と母親が代わりに答えた。
「家にはゲーム機が一つもなくて。主人が、脳をトレーニングするようなごく一部のゲーム以外は、子供に有害だからさせるなって……」とここまで言ってからハッと気付いた母親が、気まずそうに晋二と万裕美に頭を垂れた。
「俺たちはそろそろ失礼しようか」晋二に促され、万裕美も同意した。
「あっそうだ、さっき大村さん、愛媛まで商談に来たっておっしゃってたけど、ここにいる……」恵美がそう言おうとした時、奇跡が起こった。

　テレビ画面は、戦国ステージの途中で、晋二のコマが移動した四国のマップが映し出されていた。ひょうきんなＢＧＭが部屋に流れている。

　晋二はゲーム機の電源ボタンに手を掛けようとしていたのだが、それまで母親の後ろに隠れていた健太郎がひょいと前へ出てきて、テレビに近寄ってきたのだ。
「それ……」
　健太郎が発したその一言に、母親と恵美が目をむいた。
「どんなゲーム？」
　目の前で起こっているのが奇跡的な事象らしいのは、２人の様子でよくわかる。呆気にとられていた晋二だったが、この子の質問にすぐ答えなければならないと気付いた。
「えっと、これはサイコロを振って、全国を回るすごろくゲームだよ」
「これ……僕も遊べるの？」
「画面に出てくる言葉はできるだけひらがなとカタカナを使うようにしてるんだけど、中には漢字が混ざってるから、それは教えてあげるよ。やってみるかい？」
「ゲーム……やったことない……」

「アクションゲームでも、シューティングゲームでも、アドベンチャーゲームでも、失敗するとゲームオーバー、つまりゲームが終わっちゃうし、ロールプレイングゲームは操作が難しくて、すごく時間がかかるけど、このゲームは、すぐゲームオーバーにはならないんだ。プレイする時間を自由に設定もできて、誰でもすぐに遊べるようになってる。君にも、できるさ。ほら、もう一つコントローラーが余ってる。さっきまで吉田先生と3人でプレイしてたんだけど、最大4人までできるから君も入って一緒に遊べるよ」

しばらくじっと考えていた健太郎は、やがて晋二を見上げた。

「………………やってみたい」

「よし、やろう！ お母さん、いいですよね？」

晋二に尋ねられ、両手を口に当てて呆然としていた母親が、「は、はい、是非！」と慌ててうなずいた。

「こんなことが……」恵美は、感極まって今にも泣きそうな様子だった。「起こっちゃうんだから、臨床医は辞められないわ。……健ちゃんって、こんな声してたんだね〜」

「先生……」母親も胸が一杯になって、恵美の腕をつかんだ。

「お母さん、お家ではゲームをさせないという方針を聞いていましたから、診察時にゲームの話題はしないようにしていましたけど、そのテレビゲームが健ちゃんの心の扉を開ける鍵になったんです。世の中には、ご主人のようにゲームが悪影響を与えるという人がたくさんいます。でもその一方で、傷付いたり、病んだりしている心を優しく包み込んでくれるのもまた、ゲームなんですよ」

「ありがとうございます……先生」

「お礼は私じゃなく、ここにいる大村さんと高杉さん、そして今テレビに映し出されてるゲームに言ってもらわなきゃ」恵美は笑顔でそう言った後、真顔で母親を見た。「それにこれはまだ第一歩。今後のカウンセリングはご自宅まで伺いますから、どんな場所でもしゃべれるように、お家の周りにある主要な場所を健ちゃんと一緒に歩いてみましょう。特に、この春から入学する小学校も含めて」

母親の顔に、明るい光が差した。

「それと……ご主人には、お家でのゲームの解禁を検討していただかなくちゃならないかも。大丈夫。今日の出来事を知れば、ご主人もきっと納得してくださ」

ますわ」

　恵美から励まされるように肩を揺すられ、母親は大きく首を縦に振った。
「さあ、4人同時プレイのセッティングができましたよ。椅子に座って、コントローラーを持ってください。プレイしましょう」万裕美が声を掛けた。
「よーし、今日の夜の会合はキャンセル！　ちょっと腰を据えてかかるわよ！」
　恵美が健太郎の背中を押して、椅子に座らせる。
　その後ろに寄り添う母親が、ハンカチでそっとまぶたを拭いた。
　それを見守る晋二と万裕美は、全身を打たれるような感動に包まれていた。

　晋二と万裕美は、その日の最終便の飛行機で東京に戻った
　恵美の研究室で、健太郎を交えてプレイした2時間ほど、2人の心に強く残る試遊体験はなかった。
　ゲーム開始早々こそ言葉少なだった健太郎が、晋二たちに軽口を叩いたり、歓声を上げたり、笑い転げたり、次第にどこにでもいるような活発な男の子へと変貌していったのだ。
　まだ6歳でもあり、ゲームの中で語られる歴史イベントや、プレイヤーが手にする巻物の種類などを全て理解できた訳ではないが、ゲームのシステムやルールはすぐに把握し、晋二たちと対等にプレイした。優勝したのは恵美で、準優勝が万裕美、続いて健太郎、晋二という順位だった。
　「まだ遊びたい」と強くせがむ健太郎を言い聞かせるためにも、晋二は開発用ゲーム機と周辺機器一式を恵美の研究室に残して帰ることにした。それならば、病院へ来ればいつでも遊べると説得できるし、恵美の臨床研究にも役立ててもらえると思ったからだ。
　「ヒストリーラウンダー」をまともな流通に乗せる計画が全て頓挫し、その未来は暗たんたる状況であるにも関わらず、感謝の言葉を繰り返す恵美と健太郎の母親に見送られ、研究室を後にした晋二と万裕美の胸中には悲観的な感情が一欠片もなくなっていた。それどころか、爽やかで心地良い風のような感覚が、2人の体の中を吹き抜けていった。

◆

　翌日の昼過ぎ、晋二と万裕美はスクルドソフト本社ビルの２階で落ち合った。
「ヒストリーラウンダー」は、全国にあるほとんどのゲーム小売店に置かれないとはいえ、ゲームズハッチをはじめ、扱ってくれるわずかな小売店のためには、しっかりした販促物を作らなければならない。
　ファンドから割り当てられている販促物製作費は、100万円。これだけの予算で、ゲーム内容をわかりやすく紹介する印刷物や、モニターがプレイする様子などを撮影した店頭用ＤＶＤの製作費に充てる。送る店の数は、かなり少ない。けれども、今後扱ってくれる店が増えていった場合に備えて、当初想定していた数をそのまま作り、ストックしておく。
　ゲームのモニターには、万裕美の両親や、「真田十勇士」の常連客とその家族がボランティアで協力してくれることが決まっている。
　さすがにＤＶＤは制作会社に発注するが、少しでも費用を抑えるため、チラシやＰＯＰといった印刷物のデザインは自分たちで考え、レイアウトし、上質紙を使って会社のパソコンで印刷することにした。テキストは晋二が考え、デザインはパソコンのイラスト制作ソフトも使える万裕美が担当する。
「万裕美さん……」机を並べてパソコンの前に座っている晋二が、液晶画面を見たまま話しかけた。
「何？　キャッチコピーはそっちに任せるわよ」
「そうじゃなくて、これからのこと……。君はクリエイターなんだから、この販促物作りが一段落したら、他のメーカーを回って、いつでも転職できるようにしておいた方が……」
「あたしを辞めさせたいの？」
「そうじゃなくて、このままだと延々と君に迷惑を……。未払いの給料や、まとまった金額のインセンティブを支払える見込みなんて、全く立たないし。俺、君をこれ以上の厄介ごとに巻き込むのは……」
「迷惑ねえ……まあそりゃ、一杯貸しはあるけれど、毒を食らわば皿まで、ってことわざもあるじゃない。ここまで来たら、もうどんな迷惑だろうと厄介ごとだ

ろうと、同じよ」
「でも……」
「それに、このゲーム……『ファミリーすごろく・ヒストリーラウンダー』はあたしが初プランニングして、初ディレクションして、初ライターまでやった記念すべきゲームなのよ。苦しんで苦しんで産んだ可愛い我が子の行く末を、ほったらかしてどっかに行く親がいる？」
「万裕美さん……」
「多分、このままだと、斎藤さんが言ってたみたいに、各地のイベントを巡りながら現地販売するドサ回りだってやんなきゃいけなくなるでしょ？　たった1人じゃ大変よ」
「それじゃ、まさか一緒に……」晋二が隣に顔を向けると、万裕美はパソコン画面に目を落としたまま、わずかに口元を緩めたように見えた。
　万裕美に対して抱いていると思っていたほのかな好意が、実は恋情だったことに、晋二は今気付いた。
　その時、デスクに置いていた晋二のスマホがけたたましく着信音を響かせた。
　見慣れない電話番号がスマホのパネルに表示されている。
「もしもし」
「スクルドソフトの社長の大村さん？」
　聞き覚えのあるような、でも友人や知人では決してない男性の声がした。
「私、株式会社ジャパンマーケット・オチの社長をしてる越智靖昭と言います」
「ええっ！」
　突然驚きの声を発した晋二に、万裕美は何事かと振り向いた。
　晋二が聞き覚えがあると感じたのは、テレビで何度となく耳にしてきたおなじみの声だったからだ。
「急にお電話してご容赦ください。昨日、うちの息子の件で、大変なお世話になったそうで、詳細は女房から聞かせてもらいましたけん。吉田先生は私の素性もよぉご存知なんで、女房の連れ合いがまさにジャパンマーケット・オチの社長なんだとお2人に話そうとされたようなんですが、息子が言葉を発した驚きで、頭から吹き飛んでしもうたらしくて……。その吉田先生から、名刺に印刷されてた携帯の番号を教えてもらいました」

「昨日ってことは、それじゃ、まさか健太郎君とお母さんは……」
「はい、私の一人息子と、女房です。何年もの間、家の外では全く話そうとしなかった息子が、初めて……。それも、おたくの会社が作ったゲームがきっかけで……。全く何とお礼を申せばよいか。ゲームについて、偏った考えを家族に長年押し付けてきた不明を、今更ながら恥じとります」
「そんな、我々は特に何をした、という訳でもないんです。たまたまうちのゲームを吉田先生に見てもらっているところへ、奥さんと息子さんが偶然……」
「いやいや、それに、謝らねばならんことはもう一つあります。そもそも愛媛へは、弊社との商談のためにお越しだったのでしょ？ 皆さんがお帰りになった後、その話を女房が吉田先生から聞いたのです。今日、仕入れ担当の者に確認し、大変失礼な対応をしていたこともわかりました。重々申し訳ない」
「いやその件も、御社の取扱商品が生活家電などであることは承知したうえで押しかけたものですから、気にかけてくださらなくても」
「とんでもない！ このゲームはファミリーに向けた立派な生活家電じゃないですか！」
「はあ？」
「今、松山の吉田先生の研究室にお邪魔してるんですわ。ゲームもプレイさせてもらいました。私と、うちの秘書と、仕入担当と、先生の４人で。これは面白い！ しかも、ためになる。その場にいる者同士が、盛り上がれて、もっと仲良くなれる。リリースに書かれていた通り、遊んで、学べて、仲良くなれるコミュニケーションツールですな。改めて、この商品……うちのテレビショッピングで大々的に扱わせてもらえんでしょうか？」
「そ、それ、ホントですか！？ ……」
　立ち上がり、歓喜の表情で話す晋二に、万裕美も通話内容を聞こうと体を密着させてスマホに耳を近付ける。
　それは、スクルドソフトが「ファミリーすごろく・ヒストリーラウンダー」を、ゲーム業界の常識や慣行から解き放ち、国内屈指の流通ルートに乗せた瞬間だった。

◆

発売日当日の４月３日から１週間にわたり、複数の民放で断続的に流されるジャパンマーケット・オチのテレビショッピングコーナーに、「ファミリーすごろく・ヒストリーラウンダー」が紹介される運びとなった。

　商品説明は本社の撮影スタジオで録画された。どのようなスタイルで、どのように紹介するかなどを打ち合わせるためと商談も兼ねて、晋二と万裕美はこれまでの間に６回も現地に入っている。

　商談では、晋二たちを冷たくあしらった向山だけでなく、越智まで顔を出し、交渉が行われた。向山は、以前会った時とは別人のように腰が低くなり、晋二たちに相当気を遣っているように見えた。越智が全面的に晋二たちをバックアップする姿勢でいるのだから、それは当然かもしれない。

　越智の本気度は、「ファミリーすごろく・ヒストリーラウンダー」を１５千本も買い取ったことで容易に知れた。ゲーム流通で全国にチェーン展開している巨大な法人でさえ、一つのタイトルを初回で１５千本も仕入れるケースは滅多にない。例外は、ミリオンセラーが予想できる絶大な人気シリーズに限られるだろう。

　しかし、越智は「このくらいの数は小手調べ。もし我々のＭＣが視聴者の心に刺されば、もっと数を伸ばせるはず」と自信を見せた。

　これを受けて、晋二は当初からの心積もり通り、宝善堂に 30,000 本の製造を発注した。ジャパンマーケット・オチやゲームズハッチなどに回した残りの 14,400 本余りを詰めた段ボール箱は、スクルドソフト本社ビルの２階と３階で所狭しと山積みにされている。

　一番最初の放送は、テレビ通販で視聴者からの注文数がピークを迎える時間帯とされる午前０時。東京都全域を放送対象とする東京ミックステレビの通販番組「ジャパンマーケットチャンネル」からである。

　その放送を、晋二は自宅で１人、目を凝らしていた。

　番組のオープニングが流れ、洗練されたシルエットの高級スーツで身を包み、ゴルフ焼けで真っ黒になった顔から白い歯を見せる越智が映し出される。実年齢は 48 歳なのだが、見かけは 10 歳ほども若く見える。

「はい、『ジャパンマーケットチャンネル』をご覧の皆さん！　今日はこれまで

とはちょっと毛色の違った商品をご紹介しますよ！」

 ハイテンションなこの第一声で、越智のマシンガントークが始まった。
「毛色の変わった商品って、何だかわかりますか？　それは……テレビゲーム！　ああ、ちょっとちょっと、ゲームと聞いて『そんなの得意じゃないよ』『どうせ子供の遊びでしょ』なんて腰が引けちゃった方もおられるでしょうが、これはそんじょそこらのゲームじゃないんです！　家族の、またはお友達同士のコミュニケーションツール、それに、知らず知らずのうちに日本の地理や歴史が身に付くエデュケーションソフトと言っても構わないでしょう。それが、この『ファミリーすごろく・ヒストリーラウンダー』！」

 派手な効果音と共に、「ファミリーすごろく・ヒストリーラウンダー」のジャケットとＷＯＯ本体がアップになる。ジャケットイラストには、テレビゲームを一緒にプレイする小学生くらいの男の子と女の子、そして二人の両親が、三佳のほんわかしたタッチで中央に描かれ、その周りにゲームの登場キャラクターたちが踊るように散りばめられていた。
「今や日本で1,300万台も売れている家庭用据置ゲーム機ＷＯＯ。ＷＯＯと言えば、大ヒットした『ＷＯＯ・ヘルシー』とか『ＷＯＯスポーツ』とか『マスタッシュカートＷＯＯ』も一緒にお持ちかもしれませんが、お宅ではそれ以外のゲームソフトって、あんまりないんじゃないですか？　それって、お店にたくさんあるゲームの中から、ご自分に合った物を探し出すのが大変だからですよね？　それに、ゲームはやっぱり難しい、と思ってらっしゃる方もおられるでしょう。でもね、この『ファミリーすごろく・ヒストリーラウンダー』は、誰でもすぐにプレイできて、気軽に楽しめるんです。とは言っても、言葉だけじゃイメージがわきませんね。これから一体どんなゲームなのか、ルールや遊び方が一目瞭然でわかるように、このスタジオで、実際にプレイしてみようと思いますよ！」

 スタジオに特設されたリビング風のセットに大型のテレビモニターとソファが用意され、越智と、他のＭＣたち男女４人がコントローラーを持って実演を始めた。

 とてもわかりやすい実演風景だった。越智が要所要所で加える説明が的を得ていて、他のＭＣたちのリアクションも自然で、いかにも楽しそうだ。

 10分以上実演を見せた後、越智はカラフルなＡ４判の冊子を取り上げた。

「この商品はなかなか定価を大幅に引き下げることはできないんですが、その代わりにこの特別な冊子を、メーカーさんの監修を受けてジャパンマーケットが作りました。選択できる４つのステージの全体マップを詳細に載せ、ゲームに登場する歴史上の人物たち、全国各地の特産品、プレイヤーに様々な効果を及ぼす巻物の全種類を網羅し、解説を加えた完全オリジナル攻略本『ヒストリーラウンダーのすべて』です！　これがあれば、ゲームがより一層楽しくなるのは間違いなしですよ！」

　この冊子は、越智の肝いりでわざわざ作ってくれた特典だ。

　ジャパンマーケット・オチでは、商品をぎりぎりの価格まで下げ、分割払いの金利手数料を全額負担するのが特徴だが、普段扱う家電製品などと比べて単価が安く、それでなくても利幅の薄い「ファミリーすごろく・ヒストリーラウンダー」の価格を大幅には下げられず、分割払いを利用する視聴者も少ないであろうことを考慮し、"おまけ"として冊子を付ける手はずとなった。

　最後に越智は、態度を少し改め、カメラの真正面から訴えた。

「この商品を私が、ここまで強く推すに至ったのには、商品の内容の良さだけでなく、もう一つの理由があります……これは、私が身近に知っているあるご家族の実話なのですが、そのご家庭には、家の中では普通にしゃべられるのに、外に出ると家族以外の人には一切言葉が話せなくなるお子さんがいました。病院では、脳機能に問題があるのではなく、幼児期に見られる精神的な症状と診断され、様々な手法で治療を試みたのですが、一向に改善しませんでした。ところがある日、その子が偶然このゲームを病院でプレイしたところ、その場にいた医師や全く面識のなかったゲームメーカーの人たちと自然に話せるようになったんです。これが大きな契機となって、その子は外で家族以外の誰とでも普通に話ができるようになった。危ぶまれていた小学校への入学も、何の問題もなくできるようになり、来週には入学式を迎えます。それを聞かされた私は、このゲームは人の心を癒し、人と人の心を結びつけるツールでもあるんだとはっきり理解しました。この番組をご覧の親御さんの中には、ゲームは悪い物、害のある物、子供にはさせられない物と思っている方もおられるでしょうが、決してそうじゃない。それだけは、この場で特に申し上げたいと思っています。…………それでは、皆様からのご注文、お待ちしております！」

これから学校生活を送る息子が好奇の目にさらされることは避けねばならないため、"身近に知っているある家族"という言い回ししかできなかったのだろうが、越智の語り文句には強烈な説得力が込められていた。
　晋二は、体の奥底から揺り動かされるような心の高ぶりを催し、知らず知らずのうちに目頭を熱くさせていた。

◆

　翌朝、晋二はゲームズハッチの本店を訪ねた。店頭に並べてくれている「ファミリーすごろく・ヒストリーラウンダー」の売れ具合、訪れた客の反応などを確認するためだ。
　万裕美は、テレビ通販を見た人からの問い合わせがあるかもしれないというので、朝からスクルドソフトのオフィスに詰めている。
　開店の午前 11 時ちょうどに晋二が訪ねると、秋子が挨拶もそこそこに持っていたスポーツ紙を目の前に突き出した。
「大村さん、あんたのところのゲームが載ってるよ!」
　スポーツ紙の中では最も発行部数が多い「スポーツ日本」の社会面。そこには、恵美が連載しているコラムが掲載されていた。
　「恵美日和」というメインタイトルの下には、回ごとに異なるサブタイトルとして「私が最近気に入ったゲーム」と記されていた。
　恵美が、1 人のゲーマー、そして精神科医という立場から見ても、非常に優れていると感じたゲームとして「ファミリーすごろく・ヒストリーラウンダー」を取り上げ、内容を詳しく紹介してくれているのだ。
「これのせいなのか、大村さんから聞いてたテレビ通販のせいかわかんないんだけど、開店前からちょこちょこ問い合わせの電話が入ってくるのよ」
　ゲームが精神医療に役立つといったストレートな表現こそなかったものの、このゲームをどれほど恵美が気に入ってくれたのかは、文章の端々に感じられた。これを読んだ人がゲームファンならば、きっと興味を持ってくれるだろう。
　開店直後、店に入ってきた大学生らしき男女のカップルが、ひと際目立つ試遊台の前で止まった。「ファミリーすごろく・ヒストリーラウンダー」の試遊台だ。

モニター画面回りのあちこちに、登場キャラクターのイラストが貼り付けられている。秋子が、晋二から受け取った画像素材をパソコンで拡大印刷した手作りＰＯＰである。試遊台の横に置かれたモニターからは、制作会社に作ってもらったゲーム内容紹介のＤＶＤ映像が映されている。
「おい、これ昨日の深夜やってたゲームじゃない？」
　男が、女の肩を突いた。
「あっ、ホントだ。ジャパンマーケットよね。これさあ、友達集めてみんなでやったら楽しいかも」
「そうだな。2,900円……そんなに高くないし、買っとくか」
　男が鞄から財布を取り出す。
　すると、続いて店内に入ってきた主婦らしき若い女性が、タブロイド判を手にレジへ真っ直ぐ進んだ。
　手に持っているのは、3日前に発行されたばかりの「月刊電脳遊ギ広場」4月号だった。
「ここでもらったフリーペーパーに載ってる『ファミリーすごろく』っていうゲームなんですけど、もう売ってます？」
「ええ、入ってますよ」従業員が、試遊台の場所まで来て、モニターの下に平置きされているパッケージを1本手に取り、戻っていく。
「これですよね？」
「そうそう。記事読んでたら、遊んでる人の評価が結構高いでしょ。旦那も、これなら息子と私と3人一緒に遊べるかなって言うもんだから」
　「月刊電脳遊ギ広場」は、ここゲームズハッチでも配られている。しかも、編集長の木戸とは、ゲーム業界内の有志で作る勉強会の仲間でもあったらしく、秋子はこの情報誌を店頭販促ツールとして積極的に活用していた。通常1店舗あたり100から500部程度でしか割当てられないのだが、ゲームズハッチには秋子の強い要望で1千部も送られ、購入袋への封入と手渡しによって毎月わずか数日で配り切っている。
「大村さん」秋子が顔をほころばせた。「このゲーム、ひょっとしたら思ってる以上に"大化け"するかもよ」
　そのうち、晋二のスマホに越智からの電話がかかってきた。

「大村さん、放送見てくれた？」

「もちろんですよ。本当に、本当にありがとうございます。あっそれと、健太郎君の入学も、おめでとうございます。良かったですよね」

「だから何度も言ってるように、それはこっちの台詞なんですって。それに放送の反響、我々の想像以上でした。今の注文数のペースだと、１週間で１万５千本は売り切っちゃうでしょう。それで、ご相談なんですが、今そちらにある在庫も全て、うちにいただけませんか？　このゲームはいつまでに売らなきゃいけない旬のようなものがないんだから、これから年間を通して売っていけたらと思ってるんですよ。パーティーゲームなんだから、今年の年末年始はもっと売れるかも知れない。ですから、ソフトの追加製造も今のうちから段取りをしてもらわないと」

　晋二が電話口で繰り返し越智に礼を述べて切った直後、今度は本社にいる万裕美からの電話が入った。

「会社の電話、さっきからじゃんじゃん鳴ってて大変なことになってんのよ！とにかくまず、一次問屋のバイヤーから『もう一度商談したい』『追加発注したい』っていう要望がいくつも。多分みんな、ジャパンマーケット・オチのテレビ通販とか『月刊電脳遊ギ広場』の記事とかを見たのね。それと今朝の『スポーツ日本』に吉田先生がうちのゲームのことを書いてくれてるの知ってた？　それを読んだ新聞社やら放送局やらいろんなマスコミから、取材の要請も入ってきてるの。今、ゲームズハッチさんにいるんでしょう？　とても１人じゃ対応できないから、早く会社に戻ってきて！」

「万裕美さん……」晋二はそれには答えず、名前を呼んでから一呼吸置いた。

「何よ、今も他の電話が鳴ってるんだから手早く言って！」

「俺たち、これを足掛かりにして、いつか日本だけじゃなく、世界中の子どもからお年寄りまでが遊んでくれるような……"王様"みたいなゲームを作れるかな？」

「"王様"か。大きく出たわね……ええ、大丈夫。きっとできるわ」

「今日のこと、斎藤さんたちみんなに連絡して、仕事を一段落させたら、今晩、祝杯あげよう……２人で」

「……」少し間をおいてから、万裕美は「ええ、もちろん」と答えた後、茶目っ

気たっぷりに付け加えた。
「ただし、店は『真田十勇士』以外の所にしてよね」
　ゲームズハッチを後にして、晋二は駅に向かって颯爽と歩く。その背中を後押しするかのように、春らしい陽気を演出するまばゆい陽光がうらうらと照らしていた。

（完）

遊びのアイデア選書 ＜０４＞

げえむの王様

復活を賭ける弱小ゲーム会社に未来は訪れるのか？

2019 年 12 月 23 日　初版第 1 刷発行

著者　　　瀧津　孝

イラスト	双星たかはる
シリーズ構成	柴崎銀河
出版社	銀河企画
連絡先	http://gpi.jp/ (HP 上に記載)

Label:	Book Series of Play Ideas, #04
Title:	The King of Games
Author:	TAKITSU Kou
Illustrator:	SOIBOSHI Takaharu
Director:	SHIBASAKI Ginga
Publisher:	Galaxy Plan Inc.
Contact:	http://gpi.jp/

Copyright Holder:
© 2019 TAKITSU Kou (瀧津 孝)
© 2019 Galaxy Plan Inc. (銀河企画)
All rights reserved.

Code:	ISBN 978-4-909793-05-8　C0393

Printed in Japan

XTAROT（エクスタロット）
教育・ゲーム用品の総合ブランド

汎用トランプ

タロットを拡張した 112 枚のトランプカード
遊び方（ルール）はサイトで紹介 xtarot.jp

 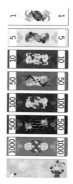

ゲーム用の紙幣

名刺サイズの模擬紙幣
教育・ゲーム・研修に好評

ゲームチップカード

厚紙の小型チップ
耐久性が高い

広告

ダイスビルダー

16mm のキューブにシールを貼って
望みのダイスを作成

ばとけん

グー・チョキ・パーなど全 7 種類の
ジャンケン用カード

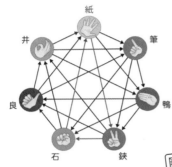

タロットカード

エクスタロット DX 版
占い用の本格的な大アルカナ 25 枚セット

銀河企画
XTAROT.JP